PARIS. — IMPRIMERIE ADRIEN LE CLERE, RUE CASSETTE, 29.

NOUVELLES ET VOYAGES

UN DRAME DANS UN OMNIBUS

UN OUVRIER EN BATIMENT

LA LITTÉRATURE DE RENCONTRE

VOYAGES

EN NORMANDIE ET DANS LE PUY-DE-DOME

PAR

M. ANTONIN RONDELET.

———o⚬o———

PARIS

ADRIEN LE CLERE ET Cⁱᵉ, | C. DILLET,
ÉDITEURS, | ÉDITEUR,
Rue Cassette, 29. | Rue de Sèvres, 15.

———

1863

PREMIÈRE PARTIE

NOUVELLES

UN DRAME DANS UN OMNIBUS

Elle se jeta dans les bras de sa grand'mère.

«Non, lui dit-elle, je ne pourrai jamais venir à bout de l'oublier... Il faut que ce mariage se fasse. — Ou bien alors qu'on me dise pourquoi on n'en veut point. Il a toujours passé pour un bon ouvrier, estimé de ses maîtres, chéri de ses camarades, bon, loyal, le cœur sur la main. Il est fait pour rendre sa femme heureuse. Bonne maman, vous déciderez mon père et ma mère. »

En disant ces paroles, elle cachait sa figure dans ses mains et roulait sa tête blonde sur les genoux de sa grand'mère, reprenant ainsi par un instinct de cœur les allures naïves et aban-données de l'enfance, de cet âge où la première tendresse d'un père et d'une mère ne sait rien refuser à un sourire.

BIBLIOTHÈQUE CHOISIE

DU

MESSAGER DE LA SEMAINE

—— 2 FRANCS LE VOLUME. ——

UN DRAME
DANS UN OMNIBUS

UN OUVRIER EN BATIMENT

LA LITTÉRATURE DE RENCONTRE

VOYAGES

EN NORMANDIE ET DANS LE PUY-DE-DOME

PAR

M. ANTONIN RONDELET

PARIS

ADRIEN LE CLERE ET Cie | C. DILLET
LIBRAIRES-ÉDITEURS | LIBRAIRE-ÉDITEUR
Rue Cassette, 29, près St-Sulpice. | Rue de Sèvres, 15.

1864

NOUVELLES ET VOYAGES

La grand'mère sentit des larmes sur ses mains.

« Mon enfant, lui dit-elle en relevant et en serrant contre son cœur cette tête désespérée, mon enfant, je vais te raconter une histoire qui est arrivée. »

I

« C'était en 1835, l'année où l'on a inventé les omnibus.

« Il y avait, dans ce temps-là, une jeune fille qui était alors dans ta position et dans tes sentiments. Elle voulait épouser un jeune ouvrier ; ses parents s'opposaient à ce mariage.

« Cette jeune fille, si tu veux, je l'appellerai Jeanne.

«Pour le jeune homme, je l'appellerai André.

« Jeanne habitait avec ses parents une petite maison à côté de l'Observatoire, et tout près de l'ancienne barrière. Derrière la maison s'étendait un petit jardin. Le quartier n'était point encore bâti comme il l'est aujourd'hui. Ce jardin appartenait à une vieille tante d'André, jadis domestique, et qui, retirée à un cinquième étage de la rue Saint-Denis, aimait à venir passer là son dimanche, à l'ombre de ses trois grands arbres.

« André accompagnait souvent sa tante. C'est ainsi que Jeanne l'avait connu.

« Il faut être juste : il avait vraiment quelque chose de fier, de hardi, de décidé. Il portait la tête haute, et lançait des regards à faire baisser les yeux. Avec cela, la vieille tante ne tarissait point sur le compte de son neveu. A vrai dire, André était intelligent et adroit ; il s'était fait une véritable réputation dans les ateliers comme ouvrier lithographe. Il travaillait alors tout au haut de la rue Saint-Denis en remontant du côté de la Chapelle.

« Mais ce n'est pas assez dans ce monde d'être regardé comme un travailleur habile et de gagner de bonnes journées : il faut encore autre chose pour la vie.

« André fit demander par sa tante la main de Jeanne : ses parents le refusèrent.

« Jeanne tomba alors dans l'un de ces désespoirs violents comme le tien ; elle ne voulait plus rien entendre. D'ailleurs, ses parents ne lui auraient pas tout dit. Il y a des choses, mon enfant, qu'on ne peut pas raconter aux jeunes filles, des raisons qu'elles ne sauraient comprendre et qu'on ne doit pas leur expliquer. Il faut qu'elles s'en rapportent, et que, sur la foi d'un père et d'une mère qui les aiment, elles aient le courage .

de se dire, même sans le voir elles-mêmes : Je me suis trompée.

« Hélas! ma chère enfant, ce n'est pas ainsi que les choses se passent. Combien n'y en a-t-il pas qui continuent à poursuivre leur désir! On est si porté à prodiguer son courage à ses erreurs ou à ses fautes!

« Jeanne était une honnête fille; elle évita de rencontrer André; elle ne manquait pas, lorsqu'elle le voyait arriver du bout de la rue, de rentrer avant qu'il passât devant la porte. Elle se hâtait de faire retomber l'abat-jour devant la fenêtre, lorsqu'il lui faisait un signe ou lui adressait un salut du petit jardin d'à côté. Mais, malgré l'honnêteté apparente de ces bons efforts et de cette sage conduite, elle regardait André à travers les fentes de la porte ou par les coins de la jalousie. Quand elle se réfugiait dans son cœur pour réfléchir à ce qui lui arrivait, elle trouvait, comme toi, que ses parents étaient injustes et qu'ils lui refusaient son bonheur.

« Le plus grand malheur de ces faiblesses secrètes, c'est qu'elles ne manquent jamais d'être devinées. André, ma fille, n'avait point renoncé à Jeanne; il s'obstinait dans son espérance; il sentait que Jeanne n'avait point voulu prendre son parti.

II

« Il faut, mon enfant, se hâter de rompre avec les projets que condamne le devoir pendant qu'on jouit encore de toute sa raison ; autrement notre volonté s'affaiblit, notre réflexion se trouble, et nous finissons par trouver excusable une action qui nous aurait d'abord indignés ; nous sommes ainsi punis pour n'avoir pas su renoncer à temps à des désirs équivoques ou à des espérances coupables ; il vaut mieux regarder tout de suite comme impossible ce qu'on ne saurait obtenir sans remords.

« Un matin, Jeanne reçut une lettre par la poste.

« Ce jour-là, son père et sa mère ne manquaient jamais d'être absents tous les deux : son père vaquait au dehors à ses occupations habituelles ; sa mère passait la plus grande partie de la journée dans une manufacture voisine, où une fois par semaine elle faisait les comptes et réglait le payement des ouvrières.

« Cette lettre était destinée à Jeanne elle-même, ainsi que l'adresse le portait soigneusement. Si la jeune fille avait connu l'écriture d'André, je pense bien qu'elle se serait gardée de l'ouvrir. Toutefois, ne l'avait-elle point deviné? La main sur la conscience, aurait-elle bien pu dire qu'en effet elle ne se doutait de rien ?

« Je n'ai pas vu cette lettre, ma fille ; et cependant je puis te dire ce qu'il y avait dedans. De même que la vertu et la raison parlent le même langage par toutes les bouches, de même la passion et l'égarement n'ont que les mêmes erreurs à redire et les mêmes fautes à conseiller.

« Ce qu'il y avait de grave dans cette lettre, c'était la fin. André proposait à Jeanne de venir le trouver à la Chapelle Saint-Denis. Il s'agissait, disait-il, d'un simple déjeuner. En arrivant, elle trouverait chez lui sa respectable tante qu'il avait pris soin de prévenir. Ils feraient ainsi tous les trois un véritable repas de fiançailles. Puis, vers le milieu du jour, ils reviendraient ensemble demander à son père et à sa mère un consentement que ceux-ci ne pourraient plus refuser. Cette démarche éclatante prouverait à tout le monde que Jeanne était en effet bien décidée à n'avoir pas d'autre époux que lui. — Il sera huit heures et demie du matin lorsque vous lirez ces lignes. Devant votre porte part tous les quarts d'heure la nouvelle voiture que l'on vient de créer, l'omnibus la *Favorite*. Quand vous serez arrivée à la station et que la voiture s'arrêtera, comptez quatre maisons à droite, c'est dans la cinquième que j'habite. Ma tante vous y attendra avec moi.

« Jeanne n'avait pas besoin qu'on lui indiquât si bien la maison. Depuis qu'elle connaissait André, il lui était arrivé une fois, dans une de leurs plus longues promenades du dimanche, de passer devant la porte avec son père et sa mère. Elle en avait tout remarqué : la couleur jaune, les volets verts aux deux fenêtres des trois étages, la boutique de boulangerie avec ses sacs de farine debout contre la porte de gauche, le pavé inégal et usé qui tenait lieu de trottoir. Cette petite maison lui avait paru belle, comme tout ce qu'on rêve et tout ce qu'on espère.

« Elle replia la lettre et ferma les yeux. Elle vit apparaître dans son souvenir cette porte étroite et basse comme si elle n'avait qu'un pas à faire pour y entrer.

« En ce moment, un bruit étrange la fit frissonner. L'horloge frémit et sonna la demie après huit heures. C'était bien, comme le disait la lettre, à huit heures et demie qu'elle achevait de lire ces lignes.

III

« En ce temps-là, les conducteurs des omnibus avaient une coutume singulière, qui a disparu depuis : ils portaient, comme les trompettes d'un régiment, une espèce de petit cor de chasse, pendu au cou par un petit cordon vert. Le public n'étant pas encore bien habitué au départ et au passage de ces nouvelles voitures, ils faisaient entendre une petite fanfare qui avertissait les passants. Au moment où Jeanne se levait, elle tressaillit au son criard de la trompette. La voiture était là, presque devant la porte de la maison. Le cocher montait lentement sur son siége, pendant qu'un garçon d'écurie lui rassemblait les guides. Jeanne ouvrit précipitamment un petit coffret, où elle serrait sa bourse en même temps que son chapelet, ses bagues et ses médailles. Sans y jeter les yeux, elle en retira son argent d'une main convulsive. Se précipiter au dehors, fermer la porte de la maison et confier la clef à une voisine chez qui on avait l'habitude de la mettre, tout cela fut fait assez à temps pour per-

mettre à Jeanne d'atteindre le marchepied de la
voiture, au moment même où le premier coup
de fouet venait d'ébranler les chevaux. Le cocher
eut quelque peine à retenir leur premier élan : il
proféra un gros juron, qui arriva jusqu'aux oreilles de Jeanne. Celle-ci, confuse et interdite,
malgré son énergique résolution, se précipita tout
au fond de la voiture, où il n'y avait personne
encore.

« L'omnibus partit au grand trot pour la Chapelle Saint-Denis, en se dirigeant d'abord vers la
rue d'Enfer, par le travers de l'allée de l'Observatoire.

IV

« Vois-tu, ma chère enfant, il faut croire que
malheureusement nous apportons, presque tous,
plus de courage et d'enthousiasme aux mauvaises
actions qu'aux bonnes. Quand nous avons pris
quelque détermination fâcheuse, nous nous
sentons tout feu et tout flamme pour l'exécuter,
tandis que les caractères les plus héroïques
mettent toujours un peu de longueur et de retard
à faire ce que la raison commande.

« Jeanne était dans cette fièvre d'un esprit qui se cherche des excuses, peut-être des éloges, contre sa propre conscience. — Après tout, se répétait-elle, ce n'est pas la première fois que je vais déjeuner seule hors de la maison. J'ai bien été invitée par notre propriétaire le jour de la fête de sa fille. J'ai dîné chez mon parrain, le 2 janvier, à l'occasion du jour de l'an. Mon père ni ma mère n'y étaient pas. — Oui, lui répondait sa conscience, mais tes parents le savaient, et ton père lui-même t'avait conduite jusqu'à la porte.

« — Mes parents sont bien injustes, se disait-elle encore. A refuser quelqu'un, encore faudrait-il me dire pourquoi. On ne joue point ainsi le bonheur et l'avenir de son enfant. Peut-être ne savent-ils point assez combien je tiens à ce mariage. Le meilleur moyen de le leur prouver, c'est encore de faire ce qu'André me demande.

« On était alors en carnaval : comme la *Favorite* traversait obliquement la grande allée qui va de l'Observatoire à la grille du Luxembourg, elle vit dans la rue et à quelques pas d'elle des jeunes gens et des jeunes filles, vêtus d'une façon étrange, qui se donnaient le bras ; ils rentraient chez eux, en chantant d'une voix cassée. On venait alors de créer, non loin de là, sur le boulevard qui prend la direction des Invalides, une espèce de bal public, destiné à faire perdre leur temps aux jeunes gens nouvellement arrivés de province avec la bonne intention de travailler. Ces pauvres malheureux avaient passé la nuit à danser et à boire ; ils n'en pouvaient plus. Cependant ils faisaient tous leurs efforts pour se persuader les uns aux autres qu'ils venaient de s'amuser et qu'ils continuaient en effet de se divertir.

« Jeanne éprouva un serrement de cœur, comme tu en aurais éprouvé un toi-même si tu avais été à sa place, ma chère enfant. D'autant plus qu'à ce même moment deux militaires, lestes et pimpants, qui venaient de leur caserne, rue de l'Ourcine, firent signe au cocher d'arrêter. Ils demandèrent au conducteur le prix de la place et l'endroit où la voiture se rendait. Ils voulaient aller à Neuilly.

« — Ma foi, dit le caporal j'aurais bien donné mes six sous pour voyager en si bonne compagnie. En même temps il montrait du doigt la pauvre Jeanne, qui retira sa tête de la fenêtre et remonta la vitre de bois pour se cacher.

« Elle pensa alors avec terreur, pour la première fois, qu'elle allait ainsi traverser Paris toute seule, sans avoir personne à côté d'elle pour la protéger, et comme elle voyait fuir à droite et à gauche les maisons de la rue d'Enfer avec une grande rapidité, elle se dit que depuis les quelques instants où elle était emportée si vite, elle était déjà loin de la maison paternelle. Quoique fille d'ouvrier, Jeanne n'avait jamais fait une seule course de quelque éloignement; elle travaillait chez son père et sa mère, ne sortant que dans le quartier, où chacun était habitué à la voir, et au besoin prêt à la défendre.

« Jeanne se demandait si la tante d'André ne la blâmerait pas un peu. Et si par hasard cette tante n'avait pas pu venir? Si elle avait été retenue malgré elle? Si, depuis la veille au soir, elle était subitement tombée malade? Jeanne se trouverait donc seule avec André? Elle sentit, à cette pensée, un frisson qui lui traversait l'âme. Vois-tu, au fond elle ne l'estimait pas autant qu'elle l'aimait; elle éprouvait pour lui moins de confiance que de passion. Juge par là si les parents avaient tort. Jeanne fit alors ce que nous ferions tous, hélas! dans une circonstance pareille : elle se dit que la tante d'André ne pouvait pas être absente, qu'elle ne le serait certainement pas; et elle prit sur elle de ne vouloir plus y penser.

V

« Son attention fut détournée par l'omnibus qui s'arrêtait.

« Un monsieur et une dame d'un certain âge étaient debout sous une porte cochère à droite. Ils avaient auprès d'eux une vieille bonne portant leurs petits paquets, et trois grandes demoiselles qui les embrassaient à l'envi. Comme elle le comprit ensuite par leur conversation, c'étaient le papa et la maman. Ils partaient ensemble pour Passy. Ils devaient y passer une huitaine de jours. Ils allaient prendre la voiture des Messageries au passage du bois de Boulogne, vers le haut de la rue Saint-Denis. Ils montèrent l'un après l'autre, un peu émus, pendant que leurs trois filles leur répétaient encore adieu, et leur envoyaient des baisers aussi longtemps qu'elles purent apercevoir l'omnibus.

« Jeanne, elle aussi, avait embrassé son père, le matin, et en partant il lui avait dit au revoir ! Ne l'avait-il pas même retenue sur son cœur avec plus d'effusion qu'il ne lui en montrait d'ordinaire? A une heure de l'après-midi, sa mère allait rentrer la première. Elle trouverait la maison vide. A quelle heure conviendrait-il à André et à sa tante de revenir faire leur demande en mariage à la barrière d'Enfer ? Jeanne se repentit alors de n'avoir pas laissé sur la table un petit billet pour prévenir ses parents. Elle aurait pu leur dire, par exemple : *N'ayez pas peur, je reviendrai bientôt ;* ou bien encore : *Ne craignez rien ; André me reconduira chez nous.* Mais peut-être son père et sa mère auraient-ils été plus effrayés encore de ces quelques paroles que de son absence. Comme il n'était pas possible en effet de leur faire entendre les raisons qui l'avaient déterminée à partir, Jeanne se disait qu'elle aurait encore meilleur compte de s'expliquer à son retour.

« Jeanne prenait plaisir à se tromper elle-même ; elle fermait les yeux à l'évidence. Nous sommes ainsi complaisants pour les fourberies de notre cœur, et nous mettons encore plus d'empressement à les croire que de ruse à les inventer. Etait-elle bien sûre, comme elle aimait à se le dire, qu'il lui serait si facile à son retour de raconter et de faire comprendre à ses parents la démarche qu'elle avait entreprise? On sait bien au contraire qu'un homme réduit à s'expliquer sur des choses

délicates, même avec ses plus chers amis, même
avec ses propres parents, aime mieux, d'ordinaire, écrire que parler. Le papier se résigne à
tout ce qu'on veut lui dire : il ne vous répond rien
et ne vous embarrasse pas, comme une personne
qui vous écoute, par un regard ou par une larme.
Pauvre Jeanne ! De quel front aborderait-elle bien
son père ou sa mère ? Oserait-elle ouvrir la porte
de la maison à ce même André que ses parents ne
voulaient peut-être plus revoir ? C'est ainsi qu'elle
finissait par ne savoir plus où se réfugier contre ses
propres pensées. Elle en était déjà à lutter contre
ses remords ; et cependant elle n'avait point encore quitté la rive gauche, l'omnibus n'avait pas
traversé la Seine.

VI

« La *Favorite* s'était remplie lentement, en descendant la rue de la Harpe. Aujourd'hui que tout
ce quartier a été remué et élargi, tu ne peux pas
te figurer, mon enfant, comme on y passait diffi-
cilement, et comme les voitures risquaient à
chaque instant d'y écraser quelqu'un. Il n'y avait
point de trottoirs, ni à droite ni à gauche. De

maison en maison de grosses bornes de pierre avançaient leur pied sur la voie publique et rejetaient en dehors les roues et les chevaux qui passaient par trop près des boutiques. Lorsque deux voitures se croisaient, on se serrait contre les maisons; ou bien on poussait, pour s'y réfugier, quelque complaisante porte de magasin. Le pavé, que le soleil ne visitait guère, était gras et glissant comme les dalles de pierre qui sont autour d'une fontaine.

« La voiture allait au pas de crainte d'accident. La voisine de Jeanne avait baissé la vitre de bois qui se trouvait au bout de l'omnibus sous le siége du cocher, sans s'inquiéter si le courant d'air ne la gênait pas. Aujourd'hui ces trois fenêtres du fond sont fixées avec des clous et ne s'ouvrent plus.

« Jeanne regardait machinalement cette foule empressée qui s'écartait devant les chevaux et s'arrêtait pour laisser passer la voiture. C'étaient tous de pauvres gens, des ouvriers, de ceux qui ont besoin de travailler pour vivre, et qui se trouvent assez heureux quand l'occupation ne manque pas à leur courage. Les maçons et les charpentiers s'en allaient, leurs outils sous le bras ou sur l'épaule; les femmes descendaient des maisons, emportant avec elles leurs petits enfants encore un peu endormis. Elles venaient acheter au coin des carrefours le lait de leur déjeuner. Les jeunes filles partaient pour leurs magasins ou leurs ateliers de la rive droite, en raffermissant sur leurs épaules rafraîchies par l'air du matin, leur grand châle de laine brune. Tout ce petit monde paraissait content de ce que Dieu allait leur permettre de gagner encore un jour de leur vie.

« Jeanne se sentit émue, elle éprouva comme un besoin de pleurer. Pendant que chacun se rendait si honnêtement et si joyeusement à son devoir, où allait-elle? Elle était peut-être la seule dans toute cette multitude qui n'eût pas osé dire tout haut, si on le lui eût demandé, le motif pour lequel elle était sortie et l'endroit où elle se rendait.

« Assez près de la Seine, et avant d'arriver au grand hôpital qui est à droite, la rue de la Harpe passe derrière l'église Saint-Séverin. Cette église était alors engagée et comme ensevelie dans un amas de maisons qui, de la rue de la Harpe, ne la laissaient pas même entrevoir. Là, à l'entrée du cloître Saint-Séverin, un prêtre attendait l'omnibus au passage. Il n'y avait plus qu'une place vide : c'était au fond, en face de Jeanne. On se serra dans toute la voiture, afin que monsieur le

curé eût plus d'espace et qu'il fût à son aise. On
n'avait pas inventé encore de mettre dans les voitures ces compartiments semblables à ceux qu'on
fait pour les écuries. On ne vous avait point encore ôté le moyen d'être poli et complaisant pour
ses voisins, en se gênant un peu pour leur faire
plus de place.

« Jeanne regardait les cheveux gris du prêtre.
Elle pensait, malgré elle, au digne abbé qui lui
avait fait faire sa première communion, et qui,
depuis ce temps, ne l'avait point perdue de vue.
N'aurait-elle pas pu le rencontrer aussi, et si, par
hasard, il l'avait interrogée, que lui aurait-elle
répondu?

« Heureux, ma fille, ceux dont le cœur se retourne aisément vers Dieu, et dont la pensée n'a
point perdu le chemin du ciel! Pour la première
fois, depuis qu'elle avait ouvert la lettre d'André,
Jeanne se prit à douter de l'action qu'elle accom-
plissait avec tant d'audace et de violence. Avant
d'arrêter une détermination qui allait décider de
sa vie, elle ne s'était pas même donné le temps de
se recueillir. Elle était partie sans demander
conseil à Dieu par une prière, et, pendant que tout
la retenait chez son père, elle avait pris la fuite
pour accourir au premier signe d'André. Qui sait
s'il ne la trouverait pas bien légère et bien

prompte? Qui sait si lui-même, en écrivant ces
deux pages, n'avait pas obéi à un mouvement pas-
sager de désespoir ou d'emportement? Peut-être,
dans le silence de la nuit, aurait-il fait bien des
réflexions nouvelles? N'en était-il point venu, peut-
être, à regretter son conseil imprudent, à espérer même qu'elle ne viendrait pas ? S'il allait l'ac-
cueillir avec surprise ou avec regret? Si, depuis
hier, il avait pris la vaillante résolution de vaincre par la patience et un redoublement de bonne
conduite, la résistance qu'on opposait à ses désirs? Jeanne aurait voulu être encore chez elle.
Elle aurait pris quelques jours, au moins quelques heures pour y penser. Elle ne comprenait
pas comment elle avait pu précipiter ainsi une résolution aussi grave. Les impulsions du mal sont
si fortes, et notre empressement à les suivre si
grand, qu'au moment où la réflexion nous calme,
nous nous étonnons de notre propre conduite,
comme s'il s'agissait d'un autre que nous.

VII

« Pendant que Jeanne aurait voulu ralentir

encore la voiture qui cheminait paisiblement à
travers les rues étroites et tortueuses de la cité, la
matinée s'avançait : le soleil commençait à percer
peu à peu le brouillard humide, qui, au printemps,
enveloppe Paris le matin et le soir. Au moment
où la *Favorite* traversait le pont Saint-Michel, on
apercevait, par-dessus les étalages des marchands
de fruits ou de fleurs, la Seine alors grossie par les
pluies et qui roulait de petites vagues dorées, sur-
montées d'une écume blanche. As-tu remarqué,
ma chère fille, combien cette joie du soleil et du
printemps fait de mal aux âmes qui souffrent de
leurs fautes? Plus encore lorsque cette tristesse
vient du mal qu'on va faire, et sur la pente du-
quel on n'ignore pas qu'on pourrait se retenir.
Tous ces bienfaits du grand air et du beau ciel que
Dieu nous prodigue ressemblent à des reproches
qu'il nous adresse. Nous nous trouvons plus mé-
chants parce que nous nous sentons plus ingrats.

« Ce fut presque avec un mouvement de joie
que Jeanne retrouva l'obscurité de l'étroite rue
Saint-Denis. Arrivée là, elle était pour ainsi dire
dépaysée. Elle mettait bien rarement les pieds
dans ces quartiers lointains. La foule n'avait plus
le même aspect. Il y avait moins d'ouvriers et plus
de messieurs. Les voitures se croisaient en tous

sens. L'omnibus était souvent obligé de prendre la file et de ne passer qu'à son tour.

VIII

« L'église Saint-Leu est située à droite, dans la rue Saint-Denis, à peu près à moitié chemin entre la Seine et le boulevard. Arrivé là, l'omnibus s'arrêta entièrement. Il y avait un encombrement de voitures; on ne pouvait plus passer.

« Cet encombrement était causé par six fiacres arrêtés devant la porte de l'église; deux grandes charrettes chargées de pierres occupaient le côté gauche de la rue devant une maison en construction; il n'y avait plus moyen d'avancer. L'omnibus demeura immobile, et le conducteur descendit de son marchepied sur le trottoir qui borde la façade de l'église Saint-Leu.

« La porte du premier fiacre s'ouvrit, et l'on en vit descendre un jeune homme en habit noir et en gants blancs. Ce jeune homme se retourna et offrit la main à une dame d'un certain âge, revêtue d'habits de fête. Elle sortit de la voiture comme une personne peu habituée à se servir d'un carrosse. Après elle on vit paraître un homme en cheveux gris, et dont la figure sévère portait les traces d'un profond attendrissement. Il reçut dans ses bras une jeune fille vêtue de blanc, et parée d'une couronne de mariée. A ce moment une conversation générale s'engagea dans l'omnibus.

« — Je la connais bien, dit la voisine de Jeanne, c'est la fille d'une cousine à ma sœur. Ce beau jeune homme qui l'épouse a été bien malheureux. Il n'y a pas un an que, dans la même semaine, il a perdu son père et sa mère du choléra. Cette dame à qui il vient de donner la main, c'est sa belle-mère ; et le monsieur qui mène la demoiselle, son beau-père. Il n'a point de parents de son côté.

« — Pauvre garçon ! interrompit l'ecclésiastique.

« — Oh ! cela ne fait rien, monsieur le curé, le père et la mère de sa future l'aiment déjà comme leur propre fils, et je prie le bon Dieu qu'il m'envoie un gendre comme lui lorsque je marierai les miennes. »

« En ce moment, la *Favorite* se remit en marche.

« Jeanne, cette fois, ne put retenir de véritables larmes. Elle connaissait la fermeté de sa

mère : pouvait-elle raisonnablement espérer,
quand viendrait le jour de la noce, de la voir
s'appuyer sur le bras d'André avec cette confiance et cet abandon? Sans doute ses parents
céderaient à la démarche qu'elle venait d'oser ;
mais ce consentement forcé et douloureux ne
laisserait-il pas dans leur cœur quelque regret et
quelque amertume? Elle avait lu dans son livre
de messe que, le jour de son mariage, on lui de-
manderait, au pied des autels, de jurer à son
mari fidélité et obéissance ; qu'on lui ferait pro-
mettre de le respecter comme son guide et son
appui : et c'était par la révolte qu'elle se prépa-
rait à cette vie nouvelle de dévouement et de
devoir. S'il allait lui arriver un jour à elle-même
de voir ses propres enfants se dérober ainsi à sa
tendresse ! Si sa fille, à l'époque où elle voudrait
la marier, venait à apprendre ce qui s'était passé!
Que pourrait-elle lui dire, et de quel front de-
manderait-elle à Dieu de lui conserver l'obéissance de sa famille, alors qu'elle avait osé s'enfuir pour se dérober aux ordres qu'elle en avait
reçus?

IX

« Le vieux monsieur qu'on avait pris avec sa

femme dans la rue d'Enfer, tira sa montre et regarda l'heure.

« — Je te l'ai assez répété, s'écria-t-il avec un geste d'impatience, que nous manquerions la diligence de Passy. Il aurait fallu prendre l'omnibus plus tôt. Tu n'as pas voulu me croire. Voilà que nous arrivons au boulevard ; nous ne sommes pas encore au passage de Boulogne, et il y a déjà plus de dix minutes que la voiture est partie. Tu n'en as jamais fini avec tes préparatifs, et il te faut autant de bagages que si nous nous embarquions pour la conquête d'Alger.

« — J'en suis bien fâchée, mon ami, reprit la vieille dame avec une grande douceur. C'est cette noce qui nous a arrêtés. Ce qui contrarie les uns fait le bonheur des autres. Nous en serons quittes pour ne partir que demain, et pour retourner aujourd'hui près de nos enfants.

« A ces dernières paroles, la figure du monsieur se détendit.

« — Tu as raison, répondit-il. A quelque chose malheur est bon. Conducteur, dans combien de temps votre voiture retourne-t-elle à la barrière d'Enfer ?

« — Dix minutes après son arrivée, la nôtre repart ; mais il y en a une autre qui s'en va quand celle-ci arrive.

« Ces quelques paroles échangées à haute voix avaient un instant suspendu la douleur de Jeanne et arrêté les larmes qu'elle répandait, tournée contre la fenêtre du fond. On avait traversé le boulevard et parcouru déjà presque la moitié de la rue du Faubourg-Saint-Denis. La voiture gravissait avec peine les rudes pentes qui la terminent. On ne s'était point encore avisé de faire attendre l'omnibus par un troisième cheval qui l'aidât à gravir la côte. On n'avançait qu'avec une extrême lenteur. A chaque instant, les chevaux, hors d'haleine et accablés de fatigue, glissaient sur le sol inégal et mal pavé. Déjà les maisons devenaient plus rares, et on rencontrait, d'espace en espace, de grands murs sans portes derrière lesquels se montraient des arbres fruitiers. Jeanne aurait voulu pouvoir ralentir encore et arrêter l'omnibus. Elle se disait que chaque tour de roue la rapprochait de la crise suprême où elle s'était engagée. Encore un peu, elle allait descendre et marcher vers la maison aux volets verts, qu'elle se figurait déjà entrevoir à l'horizon. Dès lors elle ne s'appartiendrait plus. Il n'y aurait plus à revenir sur ce qu'elle aurait fait. Elle n'aurait plus à attendre de ses parents que leur pitié et leur pardon. Au lieu de voir, avec l'orgueil d'une jeune épousée, son prétendu

venir la chercher au coin de son foyer et auprès
de sa mère, il lui faudrait frapper à la porte de
sa propre maison, derrière André qui marcherait
devant elle.

« Cette fois, ce ne furent plus des larmes qui
lui vinrent dans les yeux, mais le rouge qui lui
monta au front. Elle baissa la tête, comme si elle
avait rencontré tout autour d'elle des regards
pour l'humilier. En quittant ainsi sa famille, elle
s'était réduite à la condition d'une orpheline qui
n'a plus personne pour la défendre et pour
l'aimer.

X

« En ce moment, le vieux monsieur et la
vieille dame rassemblaient et recomptaient leurs
petits paquets. Ils étaient restés seuls dans l'omnibus avec Jeanne, les autres voyageurs étaient
descendus. Ils paraissaient avoir complétement
oublié la contrariété de leur voyage remis au
lendemain. On apercevait à deux portées de
fusil la barrière Saint-Denis, près de laquelle
stationnait l'omnibus qui allait partir.

« A cette vue Jeanne frissonna.

« C'en était fait : toute sa jeunesse, si calme,
si obéissante, si exemplaire, était donc venue
aboutir et échouer là. A quoi lui avait-il servi
d'être citée comme un modèle parmi les jeunes
filles de son âge? Les mères la rechercheraient-
elles bien encore pour l'amie de leurs enfants?
Pourrait-elle jamais raconter à personne la dan_
gereuse histoire de son mariage? Quel était donc
ce bonheur qu'elle s'était promis, et qui commençait par tant de tristesse et de larmes? Elle
aurait voulu pouvoir, comme ce monsieur et
comme cette dame, retourner aussi auprès des
siens. Elle osait se dire que maintenant, si son
départ était à recommencer, bien certainement
elle resterait chez sa mère.

« Heureux, ma chère fille, mille fois heureux
ceux qui ont l'amer courage de se donner tort et
de se repentir. Si les mauvaises actions commencent presque toutes par quelque entraînement
irréfléchi, il n'en est point qui ne s'achève par
l'entêtement dans le mal, mille fois plus funeste
que les tentations ou les faiblesses.

« Tout d'un coup, Jeanne se dit qu'elle n'était
point encore arrivée. De la barrière où s'arrêtait
la *Favorite* à la maison d'André, il y avait un peu
de chemin à faire à pied.

« Elle pouvait prendre l'omnibus et repartir;

il en serait alors comme si elle n'était point venue.

« La *Favorite* s'était arrêtée.

« Jeanne fit le signe de la croix, descendit, et, sans regarder derrière elle, d'un pas ferme elle remonta dans l'autre voiture.

« Elle était sauvée. »

Ici la jeune fille interrompit sa grand'mère.

« Bonne maman, s'écria-t-elle, vous l'avez connue cette Jeanne ?

— Mon enfant, lui répondit-elle en la regardant en face, c'était ta mère.

« Ma fille, je t'achèverai mon histoire en peu de mots. Il n'est pas nécessaire que tu comprennes tout maintenant. Lorsque ta mère rentra chez nous, elle y trouva la tante d'André. Son neveu ne l'avait point prévenue, il n'y avait pas même pensé. Cette invention était une ruse pour rassurer Jeanne et pour la faire venir. Il n'avait pas non plus l'intention de nous la ramener le jour même. Si elle avait été le trouver, nous ne l'aurions sans doute jamais revue.

« Tu vois, ma fille, que j'avais des raisons pour ne vouloir pas ce mariage, et lorsqu'il a fallu qu'à son tour ta mère s'opposât à ton désir, elle est venue me trouver hier au soir, pendant que tu dormais ; elle s'est mise à genoux à la place

où tu te trouves, elle m'a dit en pleurant : « Ma
« mère, vous qui avez assuré le bonheur de votre
« enfant, bénissez-moi et priez Dieu pour que ma
« fille m'obéisse comme je vous ai obéi. »

UN OUVRIER EN BATIMENT

I

Rien ne vous rend indifférent et inattentif comme les foules. Il m'est arrivé souvent, un jour de grande fête et de réjouissances publiques, ou quelque beau dimanche de printemps, de rentrer chez moi, le soir, après avoir rencontré et regardé de mes deux yeux, que sais-je? cent mille personnes peut-être. Lorsque je me demande, dans le silence de mon foyer, qui j'ai vu de tout ce monde-là, c'est à peine si je me rappelle un général au sommet de son grand cheval blanc, ou quelque cocher poudré s'étalant sur le large siége de son carrosse.

Quand je vais à Grenoble, où mon filleul a un commerce de peaux de gants, les choses ne se passent pas de même. Nous ne pouvons pas, le dimanche, faire quatre pas sur la grand'route qui conduit au pont de Clay, sans que mon filleul trouve quelqu'un qui lui sourit ou le salue. Il sait les noms des gens qui passent en voiture ou à cheval, et lorsqu'il rentre le soir, il lui semble, pour les avoir rencontrés, qu'il a fait visite dans la journée à tous ses parents, amis et connaissances.

Ce n'est pas, vous le comprenez bien, que je sois non plus sans avoir à Paris personne qui ait jamais entendu parler de moi, ni à qui je puisse serrer la main sur le boulevard. Mais, avec cette foule qui vous emporte, les affaires qu'on a sur les bras, les soucis qui vous dévorent, il s'écoule des années entières avant qu'on se retrouve sur le pavé des rues. Heureux si vos regards ne s'échangent pas du haut de deux omnibus qui se croisent et vous entraînent sans pitié.

Je rentre toujours un peu triste de mes promenades, lorsque je suis sorti seul. Il me semble, au rebours de mon filleul, que je n'ai vu personne.

Voilà pourquoi, peut-être, j'aime à regarder, au milieu de cette multitude, pareille aux flots de la mer, les seules personnes qui demeurent immobiles comme des rivages ou comme des îles. Je veux parler des petits marchands qui débitent leurs bonbons ou leurs jouets, des pauvres qui, sur quelque pont ou dans quelque enfoncement, vous tendent silencieusement la main. Je sais par cœur tous ceux qui habitent les coins les plus fréquentés de Paris. Aucune figure de marchande de sucre d'orge ne m'est étrangère sur le boulevard du Temple ; aucun débitant de glace à un sou ne m'est absolument inconnu ; il y a bien peu d'aveugles devant lesquels je ne me sois arrêté, en leur donnant un sou.

On aime à connaître un peu plus les personnes dont on a remarqué ou retenu la figure. De là, pour moi, un besoin véritable d'entamer quelque conversation avec ces braves gens. Ce sont mes amis sans le savoir. Lorsque je les trouve gais et contents, je me figure qu'il m'est arrivé à moi-même quelque bonheur inattendu.

Ce ne fut point sans une certaine hésitation que je hasardai mon premier entretien en plein vent. Dans nos provinces, les mendiants vous parlent encore, ils vous disent à tout le moins : « *Un petit sou pour l'amour de Dieu !* » et : « *Dieu vous le rende !* » A Paris, non-seulement ils ne vous demandent rien, mais, quand vous laissez tomber une pièce de monnaie dans leur sébile, ils se contentent d'un mouvement de tête, sans même vous répondre merci.

Je vois qu'on raconte beaucoup la vie des gens

qui sont devenus célèbres. Tout intéresse dans
ces existences, même à l'époque où elles ne se
croyaient pas destinées à tant de renommée. De
hautes leçons de conduite et de courage ressor-
tent de ces efforts, obscurs à leur origine et devenus tout à coup glorieux. Pour moi, j'ai tiré de
mes conversations avec les mendiants, un autre
résultat qui ne manque point d'enseignement
dans la pratique : ils m'ont appris comment
on devient pauvre et malheureux. C'est une
pente qui va du haut en bas de la société, et sur
laquelle personne n'est jamais sûr de ne pas
mettre le pied.

II

En vous dirigeant du Louvre vers l'Institut,
vous rencontrez trois mendiants sur le pont des
Arts : deux à gauche, et un seul à droite. Le premier à gauche est installé sur deux tabourets; il
tourne lentement de la main droite la manivelle
d'une serinette solidement fixée sur quatre
pieds. Son autre bras retombe le long de
son corps, et l'on voit une main immobile qui
descend presque jusqu'à terre. Sur la seri-

nelte qui gémit est posée une tirelire en fer-blanc.

Vous trouvez ensuite une pauvre femme qui s'appuie contre le fer du parapet. Elle tient dans sa main deux ou trois paquets d'allumettes chimiques. A son bras est suspendu un panier rond à moitié vide. Le jour elle offre sa marchandise aux passants ; mais à mesure que vient la nuit elle ajoute d'un ton suppliant : *Ayez pitié d'une pauvre mère de famille.* Passé dix heures du soir et jusqu'à minuit sonné elle reste seule, à demander sur le pont ; l'homme à la serinette s'en va au coucher du soleil. Pour le mendiant de droite, on ne le voit que dans le milieu de la journée, et encore lorsqu'il fait beau.

Ce dernier est installé dans une petite caisse carrée en bois blanc, où il demeure assis et immobile ; il a pour se défendre du vent une planche un peu élevée derrière laquelle il s'abrite. Une grande casquette avec une longue visière verte et de larges rubans noirs qui se nouent sous le menton , dérobe presque entièrement sa figure aux passants. Il a auprès de lui un chien caniche, et pour éviter à son compagnon la peine de tenir tout le jour une sébile entre les dents, il la lui a pendue au cou. La pauvre bête a l'habitude de lécher délicatement la main qui vient y déposer un sou.

Un jour le pauvre homme ôta devant moi sa casquette pour s'essuyer le front. Il faisait très-chaud, et il avait sur la tête sa coiffure de décembre au milieu du mois d'août. J'aperçus une physionomie dont il aurait été bien difficile de déterminer l'âge, peut-être usée par la vieillesse, peut-être ravagée par une caducité précoce. Ses mains tremblaient au point qu'il lui fallut plus de dix minutes pour rajuster, tant bien que mal, la casquette qui s'enfuyait de ses doigts inertes. Enfin, épuisé de ce long effort, il laissa aller sa tête sur sa poitrine et demeura dans une complète immobilité.

Je ne passais jamais devant lui sans m'arrêter un moment.

Je ne tardai pas à m'apercevoir qu'il avait au moins le bonheur de n'être pas seul au monde. Je voyais parfois arriver d'un pas rapide et inquiet une femme vêtue d'une façon misérable ; à son approche, le pauvre chien remuait la queue et faisait entendre un petit grognement. Ce signal réveillait le mendiant ; il soulevait la visière de sa casquette, et son regard indécis cherchait du côté de la rive gauche. La femme lui mettait sur les genoux une soupe chaude ; elle emboîtait tout autour de lui ses couvertures dans la caisse de sapin, et, après quelques paroles aux-

quelles il ne répondait jamais rien, elle s'enfuyait au plus vite du côté par où elle était venue.

D'autres fois c'était un petit garçon de six ou
sept ans qui apportait un morceau de pain et une
bouteille mélangée de vin et d'eau. Le pauvre
enfant se traînait péniblement ; il avait la jambe
droite sensiblement plus courte que l'autre; et,
comme il n'avait pour se soutenir ni béquille ni
bâton, on aurait dit, à chaque pas en avant, qu'il
trébuchait sur quelque chose : vous auriez
avancé votre main pour l'empêcher de tomber.

Lorsque l'enfant venait à la place de la femme,
le chien paraissait plus joyeux encore : il descen-
dait de son escabeau, et se hasardait à faire quelques pas au-devant de son jeune maître. Pour le
mendiant, il devenait soudainement plus triste,
et jamais il ne donnait à l'enfant le moindre signe
d'amitié. Bien plus, au lieu de le regarder venir
ou s'en aller, il avait soin de tenir ses yeux fixés
du côté des Tuileries : pour les ramener vers
l'Institut, il attendait que le petit boiteux eût disparu depuis longtemps derrière les hauts parapets surmontés de caisses de livres.

Je ne sais pas si cet homme était aussi malheureux qu'il le paraissait ; il avait dans la physionomie quelque chose de l'idiot, et ne semblait
pas avoir conscience de sa misère. Ce tremble-

ment nerveux qui agitait ses membres, ce regard
éteint et égaré, cette immobilité insouciante, tout
me prouvait que le pauvre homme était, pour
ainsi dire, absent de lui-même. De temps en
temps il étendait la main vers le chien caniche,
et retirait à grand'peine les pièces de monnaie
qu'on avait déposées dans la sébile ; il les glissait sous son mouchoir de poche, par-dessus lequel il tenait sa main gauche constamment ouverte et étendue.

Ce mendiant m'a fait perdre beaucoup de
temps. Il avait fini par exercer sur moi une espèce
de fascination. Il n'est que trop facile de demeurer en contemplation sur le pont des Arts ; tout y
appelle, comme aussi tout y justifie l'admiration :
Notre-Dame, qui élève devant vous ses hautes
tours sculptées ; le Pont-Neuf, qui semble arrêter
au passage l'île de la Cité , embarquée sur le
fleuve comme un navire; le Louvre, la tour Saint-
Jacques. Je m'arrêtais à la même place sans avancer, et, de tout ce grand spectacle, je n'apercevais que le mendiant immobile, la main gauche
appuyée sur ses genoux et la droite errant de son
chien à sa casquette.

Alors je me laissais aller à la méditation. J'aurais voulu savoir d'où venait le pauvre homme,
comment il était tombé dans cette misère, quelles

fautes ou quels revers l'avaient entraîné si bas.
Pendant qu'appuyé contre la balustrade je m'a-
bandonnais à ces réflexions, je laissais passer le
moment de mes rendez-vous : j'arrivais à l'Institut pour ne plus trouver de place aux séances, je
manquais l'heure du déjeuner ou du dîner à la
place Saint-Sulpice.

III

Une après-midi, je vis la pauvre femme qui soi-
gnait mon mendiant monter les cinq marches du
pont, en ployant sous la charge d'un gros paquet ;
elle en avait autant qu'elle en pouvait porter. Elle
se hâta de déposer sur les genoux de l'infirme un
morceau de pain et une pomme coupée d'avance
en quatre quartiers ; puis, au lieu de s'en retourner, comme à l'ordinaire, du côté par où elle était
venue, elle continua sa route et traversa le pont
dans la direction du Louvre.

Il en faut peu pour intriguer l'esprit de l'homme : nous sommes tellement emboîtés dans nos
habitudes les plus insignifiantes qu'on ne saurait
nous en faire sortir sans nous surprendre. Je

m'attendais si bien à voir la bonne femme revenir sur ses pas et regagner la rive gauche, qu'au premier moment il me parut tout extraordinaire de la voir ainsi poursuivre son chemin. Je me dirigeai machinalement sur ses traces.

En descendant du pont, elle prit par le petit square fleuri qui s'étale au-devant de la colonnade du Louvre. Là, il n'y a pas, comme aux Tuileries, des sentinelles pour vous défendre de traverser avec une blouse ou un paquet. Arrivée à la grille dorée qui fait face à Saint-Germain l'Auxerrois, la pauvre femme laissa aller son fardeau sur un banc ; elle-même s'assit, la tête à demi renversée sur le dossier, le coude appuyé sur son paquet ; elle pleurait et dirigeait de mon côté un regard de connaissance. Elle m'avait vu si souvent sur le pont des Arts !

Je me suis trouvé souvent, dans le monde, obligé de nouer quelques relations nouvelles. Il faut alors, bon gré mal gré, s'approcher d'une dame, prendre place sur le fauteuil qui nous attend à côté d'elle, aborder et soutenir la conversation avec une personne dont on ne sait rien ou presque rien. Il faut avoir assez d'adresse pour ne point la choquer, assez d'amabilité pour lui plaire, et, sans éprouver au fond le moindre besoin de rien lui dire, lui parler avec autant d'intérêt et d'animation que si notre sort lui-même était entre ses mains. J'éprouvais quelque chose de ces sentiments confus et pénibles en m'asseyant, sans affectation, tout au bout du banc où s'était arrêtée la pauvre femme.

Je devrais, pour être bien exact, raconter ici comment notre entretien commença, et par quelles paroles se rompit la glace. La vérité m'oblige à dire que je ne m'en souviens pas du tout. Je m'étais approché d'elle pour lui parler; elle m'attendait elle-même pour me dire quelque chose : nous ne pouvions manquer, comme on le voit, d'entrer en conversation.

J'appris avec étonnement que Madeleine était la femme et non point la fille du mendiant du pont des Arts. Le petit garçon était leur fils. Elle avait eu encore deux autres enfants qu'elle avait perdus. A la regarder de près, elle était jeune encore, trente ou trente-deux ans à peine, et son mari, qui paraissait si vieux qu'à ses mains tremblantes, à son corps ruiné et affaibli, on l'aurait pris pour un septuagénaire, n'avait pas encore tout à fait quarante ans. Madeleine Ballivet portait à un magasin de confection un paquet de paletots en toile, qu'on y attendait pour la saison d'été. Elle rendait habituellement son ouvrage la nuit, pour économiser d'autant la lumière ; mais

cette fois il y avait urgence. Elle s'était donc ré-
signée à sortir le jour, et à perdre ainsi, malgré
elle, une heure de la précieuse clarté du soleil.

L'histoire de Madeleine Ballivet et de son
mari Baptiste Ballivet est bien triste. Je la ra-
conterai cependant : car il me paraît que cette
histoire renferme quelque instruction.

IV

« Ah ! Monsieur, me dit Madeleine, comme
nous avons été heureux ! comme notre ménage
avait bien commencé !

« Quand nous nous sommes mariés, Baptiste
avait chez lui son atelier ; il prenait à façon des
meubles ou des pièces de meubles. Il était bon
ouvrier : on lui donnait toujours à faire ce qu'il y
avait de plus élégant et de plus difficile, des corniches d'armoires, des tiroirs à secrets, des pieds
tournés et enjolivés.

« Ma mère, qui était repasseuse, ne m'avait
pas jugée assez forte pour apprendre son état ;
elle me trouvait trop faible pour me tenir debout
toute la journée et pour supporter la vapeur du

linge mouillé. Pauvre mère! elle ne se doutait pas, en mourant, de tout ce que j'aurais à endurer dans la vie. Elle nous laissait l'un et l'autre si contents dans notre petite chambre chaude et joyeuse comme un nid! Mon mari m'avait installé tout auprès de la fenêtre un beau meuble fait exprès et encadré dans une barrière en planches. C'était là que je faisais mes travaux d'aiguille, j'y étais comme sur un trône.

« J'étais couturière de mon état et très-achalandée; les riches marchandes de notre quartier tenaient à honneur de se faire habiller par moi. J'étais comme les grandes faiseuses de la cour; il fallait attendre sa robe et prendre son tour d'avance pour être servi.

« On me disait parfois : « Madéleine, tu as « tort de vouloir suffire à tout. Pourquoi ne te « fais-tu pas aider de quelque ouvrière ou d'une « apprentie?» On tenait le même raisonnement à mon mari, qui travaillait seul et qui n'avait personne pour aller chercher ou pour rendre son ouvrage. Ils avaient raison; mais nous étions si bien tous les deux, si tranquilles, si paisibles dans ce petit réduit qui nous servait à la fois de chambre et d'atelier!

« Quand je n'entendais plus le bruit de son outil, je levais les yeux et je l'apercevais, les bras croisés, qui me regardait avec tendresse ; il avait toujours quelque chose à me dire, et il me fallait le gronder de perdre son temps. Moi, de mon côté, quand il s'était remis à son travail et qu'il y était bien acharné, je laissais aller ma couture sur mes genoux, je pensais à tout le bonheur que me promettait mon entrée en ménage. A son tour, c'était à lui de me surprendre et de me gronder.

« Monsieur, il y a des jours où, lorsque j'y pense, il me semble que cette femme si heureuse et si fière, qui remerciait tous les jours le bon Dieu de lui avoir donné son mari, il me semble que cette femme n'a jamais pu être moi, et que je vous parle de quelque étrangère à qui j'aurais rêvé.

« Aujourd'hui que nous sommes si malheureux et si abandonnés, aujourd'hui que mon mari demande l'aumône le dimanche comme les autres jours, tandis que moi, je vais entendre la messe de bonne heure pour ne pas me trouver dans les églises à côté des gens bien vêtus, je ne vois jamais venir le samedi sans me mettre à pleurer.

« Je me souviens toujours, malgré tant de temps passé et tant de misère tombée sur nous, qu'à la même heure j'étendais jadis sur ma commode une robe toute fraîche et qui réjouissait notre vue jusqu'au lendemain ; je sortais d'avance de notre armoire le gilet clair et la cravate en soie de mon mari, je poussais l'enfantillage jusqu'à brosser son chapeau dès la veille.

« Le lendemain dimanche, no˙˙ nous levions tard ; nous perdions notre temps ˛omme les gens riches, et le lundi, nous prenions plaisir à nous raconter l'un à l'autre ce que nous avions cependant vu tous les deux. Nous ne dépensions guère dans ces journées ; nous n'allions pas trop loin. Ni Baptiste ni moi, nous n'aimions à prendre des voitures. On ne peut rien se dire dans les omnibus, et il nous semblait n'y être plus ensemble.

« Avec tout ce bien-être et toute cette joie, avec moins d'argent que nous n'en avons gagné depuis, nous n'en mettions pas moins tous les jours quelque chose de côté. Nous serions trop à notre aise si nous avions pu continuer ainsi.

V

« Notre malheur, Monsieur, a commencé par une chose qui m'a fait verser bien des larmes : je crois que le bon Dieu me donnait le pressentiment de ce qui allait nous arriver.

« Baptiste avait, comme tous les hommes qui réussissent, des jaloux et des envieux. Ceux-là rôdaient autour de lui, prêts à tourner en ridicule la solitude où il vivait et l'oubli qu'il faisait de ses anciens camarades. Toutes les fois qu'ils venaient le voir, et que je n'étais pas là, ils lui répétaient que son avenir allait être perdu, qu'il était trop bon ouvrier pour demeurer ainsi à la merci d'un maître, pour attendre le travail à façon qui vient ou qui ne vient pas, qui peut être plus ou moins avantageux.

« C'était alors le moment où commençaient ces grandes bâtisses qui ont fait mettre à bas tout Paris. Les plus avisés prétendaient qu'il ne resterait pas beaucoup de maisons sur leurs pieds. Quand nous traversions, Baptiste et moi, quelques rues étroites et sombres, il ne manquait pas de me dire en riant : « Encore à mettre par terre. » En effet, l'événement lui a donné raison, puisqu'il ne reste guère dans Paris que des palais.

« On mit donc dans la tête de mon Baptiste de se faire ouvrier *du bâtiment*. Il faut des mains adroites et exercées pour mettre en place les boiseries : c'est un travail bien payé et qui, avec la maladie de la construction, n'avait guère à craindre de chômer.

« Que de larmes je versai le jour où Baptiste

me parla de cette résolution. Monsieur, il y avait bien un mois que je la voyais venir. Il ne pouvait plus passer devant un chantier sans se laisser aller à quelque mot significatif : « Voilà où l'on « gagne sa vie! Voilà du bon ouvrage et bien « payé! » Quelquefois même il ajoutait avec affec-tation : « En voilà qui sont contents et satis-« faits! » Comme s'il n'avait pas chez lui le conten-tement et la joie! C'est le bon Dieu qui le permet afin que nous ne nous attachions pas trop à ce monde : lorsque nous tenons le bonheur, nous ne daignons pas nous en douter et nous ne man-quons pas de nous industrier pour le perdre.

« Ainsi il en arriva à mon pauvre Baptiste.

« Quand il me tenait ces propos, je me taisais; je n'osais pas lui demander ce qu'il avait l'inten-tion de faire, et cependant j'aurais bien voulu le savoir. Alors nous parlions d'autre chose, nous cachant pour la première fois l'un à l'autre nos pensées : lui songeant à ce nouvel état qu'il vou-lait prendre, moi cherchant à lui sourire et n'ayant pas trop de tous mes efforts pour m'em-pêcher de pleurer.

« Comme nous arrivions au détour de notre rue, et que déjà il cherchait dans sa poche la clef de notre porte, il parut enfin s'apercevoir de ma peine, et il me dit d'un ton presque fâché :

« Tu es triste, Madeleine? — Oh ! oui, mon
« ami. — Et qu'as-tu? — Je ne sais pas. — On est
« toujours triste de quelque chose. — C'est que
« tu veux me quitter. » Là-dessus, je me précipitai
dans la maison, je me jetai en travers du lit en
poussant de grands cris, comme si j'avais retiré
un couteau de mon sein. Je sanglotais à croire
que j'allais étouffer.

« Je ne m'étais pas trompée dans mes pressen-
timents ; Baptiste avait, en effet, donné sa parole
pour le surlendemain, qui était le mardi. Il avait
reculé de jour en jour, d'heure en heure, pour
me le dire. Tous ses anciens travaux avaient été
terminés, sans que j'y eusse pris garde, le soir du
samedi : il avait réglé ses comptes et fait ses préparatifs. On lui avait promis de grosses journées.
Je crois même qu'il avait un contrat signé d'un
grand entrepreneur, et qui le mettait pour une
année à l'abri du manque de travail.

« Le lendemain matin, qui était le lundi, Baptiste n'avait rien à faire, puisque son engagement
ne devait commencer qu'à partir du mardi. Il
voulut absolument me faire sortir et me conduire
à la promenade, comme si le lundi eût été un
second dimanche. Sur tout notre chemin, nous
rencontrions des gens de notre condition, leur
paquet sous le bras ou leur outil sur l'épaule :

tous se rendant à leur travail en habits de la semaine, sans songer ni à s'arrêter ni à se divertir.
Je ne me sentais pas à mon aise à me voir ainsi
dans les rues, toute parée et au bras de mon mari.
Il me semblait que nous étions devenus des paresseux. Malgré moi, je m'amusais moins en
voyant tout le monde occupé autour de nous.

« C'est ainsi, Monsieur, que la veille même du
jour où Baptiste voulait entreprendre, pour devenir plus riche, ce nouvel ouvrage qui l'avait
séduit, nous commencions, comme de mauvais
ouvriers, par faire déjà la *Saint-Lundi*.

VI

« Monsieur, quand je vis partir Baptiste le
mardi matin, j'éprouvai dans mon cœur ce qui
doit arriver à un naufragé lorsqu'il se voit seul
au milieu d'une ile abandonnée.

« Comme nous étions rentrés tard la veille, et
que tant d'émotions m'avaient un peu abattue, j'é-
tais encore couchée lorsque Baptiste, au premier
coup de cinq heures, s'élança vaillamment hors du
lit. En un tour de main il fut prêt. Comme je ne

faisais pas un mouvement, il me crut ou feignit
de me croire endormie, et partit en posant les
pieds avec précaution tout le long de l'escalier.

« Je ne dormais pas, Monsieur. Dès qu'il ne
put plus m'entendre, je me remis à pleurer et à
gémir, jusqu'à ce qu'enfin, brisée et comme anéan-
tie, je me laissai aller de nouveau au sommeil.
Cette autre journée fut aussi presque perdue.

« Ah ! Monsieur, combien depuis ce temps là nous
en avons perdu, l'un comme l'autre, de journées,
de semaines, de mois ! Oui, c'est ainsi que notre
découragement et notre misère ont commencé.
Je restai jnsqu'à midi assise sur ma chaise et à
moitié vêtue, ne sachant ce qui allait m'arriver,
et sentant bien qu'avec mon mari étaient parties
en même temps ma force et ma consolation.

« Baptiste m'avait décidée à prendre avec moi
une petite ouvrière. Il aimait mieux me savoir en
cette compagnie que seule absolument dans mon
logis. Comme cette enfant couchait dans une
alcôve à côté de nous, nous n'avions plus la même
aisance ni la même liberté. Quand Baptiste rentrait, nous osions à peine nous embrasser ou nous
serrer la main devant elle. Le soir, quand nous
étions retirés dans notre chambre, je n'osais prolonger la conversation, tant je le voyais las, tant

je le savais attentif à ne point manquer l'heure
du lendemain matin.

« Je m'étais retenu, dans nos conventions, que
l'ouvrière irait coucher chez ses parents le samedi au soir et qu'elle reviendrait chez nous le
lundi matin seulement. Nous allions donc avoir
notre dimanche tout entier, avec cette longue
veillée du samedi, si douce, si paisible, qu'on
peut prolonger impunément, et qu'aucun souci
du lendemain ne vient troubler ni suspendre.
Nous avions l'habitude ce jour-là, mon mari et
moi, de refaire nos comptes de la semaine et de
régler notre promenade du lendemain.

« J'avais tout mis en ordre : ma robe, son
habit, nos chaussures bien cirées, son chapeau
à côté de mon châle. Il n'y avait qu'à étendre la
main pour trouver toutes nos petites parures.

« Cette fois, me disais-je, nous serons seuls et
nous prendrons notre temps. Il me racontera
comment il se trouve, à quels ouvrages il est
occupé, quels amis il fréquente. Je me promet-
tais un grand bonheur à l'encourager dans son
travail et à le soutenir contre ses ennuis. Hélas!
Monsieur, n'avez-vous pas remarqué que nous
nous faisions nos plus grandes joies et nos plus
vives espérances des choses qui ne doivent jamais
arriver?

« Lorsque Baptiste revint et qu'il aperçut tout cet étalage sur son établi de menuisier, il fronça le sourcil avec une expression que je ne connaissais pas et demanda d'un ton brusque : « Pourquoi tout cela ?

« — Mon ami, lui répondis-je le plus doucement que je pus, et sans oser encore paraître trop contente, c'est demain dimanche, et si tu veux...

« — Il n'y a plus de dimanche, me répondit Baptiste d'un ton moitié triste moitié résolu. *Dans le bâtiment,* on travaille le dimanche comme les autres jours. »

« Monsieur, cette parole me tomba dans l'âme comme un coup de massue, je restai étourdie sur le coup. Ainsi le lendemain matin Baptiste allait reprendre sa veste de travail, son pantalon raccommodé, sa casquette de la semaine ; il sortirait ses outils sur l'épaule, au milieu de tout ce monde paré et joyeux ! Et moi, au lieu de m'en aller à son bras à l'église ou le long des boulevards, s'il m'arrivait par malheur de traverser la rue où travaillerait mon mari, je le verrais peinant ce jour-là comme les autres jours.

« Ah ! je fus bien guérie tout d'un coup des joies que le matin encore m'inspiraient le soleil et le printemps ! Il ne fallait plus songer à prolonger sa grasse matinée. Je voulais, avant qu'il

partît, le conduire moi-même à la première messe.
Je remis tristement ma robe de tous les jours, et
quand il m'eut quittée, je rentrai chez moi jusqu'au soir, sans retrouver le courage ni de sortir
ni même d'ouvrir ma porte à ceux qui vinrent
frapper.

« Que de réflexions je me sentis passer dans
l'esprit, depuis le matin jusqu'au soir ! Je me
souviens, Monsieur, que, au catéchisme, le vicaire nous parlait un jour de pauvres malheureux
qu'on appelait esclaves, dans les temps anciens.
« Pour eux,» nous disait-il, «ni trêve, ni relâche;
« il leur fallait travailler sans intervalle ni repos. »
Est-ce que les ouvriers à qui l'on ôte leur
dimanche ne sont pas devenus aussi des esclaves?
A quoi sert-il de se donner tant de peine, si l'on
ne peut pas même être un petit moment à soi,
si l'on n'a pas un pauvre jour pour se répéter l'un
à l'autre ce qu'on a pensé, chacun de son côté,
toute la semaine?

« Je me disais dans mes moments de désespoir
que j'aimerais mieux mendier au coin des rues.
Le bon Dieu m'a punie de mes murmures; il n'a
que trop exaucé mon vœu.

VII.

« Le lundi qui suivit ce premier dimanche, il ne faut pas croire, Monsieur, que je recommençai la semaine comme à mon ordinaire. Ce ne sont pas, voyez-vous, les bras ni les mains qui avancent l'ouvrage ; ce n'est pas le poignet le plus solide qûi abat le plus de besogne ; ce ne sont pas les doigts les plus exercés qui vont le plus vite. Il faut y avoir son cœur et le courage de son âme. Je me rappelais mes anciennes journées du lundi, lorsque je reprenais mon travail, encore tout animée de mes joies du dimanche. Comme nous nous y remettions, Baptiste et moi ! Je crois vraiment que l'ardeur de ces premières heures rachetait avant le soir notre repos de la veille. A présent que ma semaine n'avait plus ni commencement ni fin, qu'il n'était plus question ni de se parler ni de se voir, je me laissais aller à mes occupations comme l'eau à la pente des rivières, sans désir d'interrompre mon travail et sans souci de l'achever.

« A ce moment, Monsieur, la petite ouvrière

revint avec un gros bouquet de marguerites et de
muguets : tout l'appartement en fut embaumé.
Elle avait cueilli ces fleurs la veille, dans les
fossés des fortifications. Elle prétendait avoir fait
plus d'une lieue à pied le long du talus, en compagnie de son père et de sa mère. Dieu sait, à
l'en croire, tout ce qu'elle avait vu ou rencontré
de magnifique et d'extraordinaire. Pendant ce
temps, Baptiste rabotait ses planches, au troisième étage d'une maison dans la rue de Rivoli ;
moi, je pleurais assise sur une chaise et le dos
tourné à la fenêtre.

« Le soir, en rentrant, Baptiste m'apprit que
le lundi suivant était jour de paye et qu'il serait
libre de partir dès midi. « Nous irons nous pro-
« mener ensemble, me dit-il ; nous prendrons
« une voiture pour nous deux, et je t'emmè-
« nerai un peu loin de Paris, comme les grands
« seigneurs. Il faut bien se faire plaisir de son
« argent ! »

« Je pensais tout bas que j'aurais bien voulu
voir mon oncle et ma tante, ma sœur qui était
en apprentissage chez une raccommodeuse de
dentelles, et qui le reste du temps vivait avec une
vieille cousine dont elle était la filleule. Mais je
ne pouvais pas leur rendre visite un autre jour
qu'un dimanche ; chacun dans la semaine est

à ses occupations. Je reconnus alors une chose
à laquelle je n'avais pas songé jusque-là : c'est
que ce jour de repos universel a été bien imaginé
pour donner à tout le monde l'occasion de se ré-
jouir et de se retrouver ensemble. Il y avait déjà
bien longtemps que je n'avais pas passé une
journée avec mon pauvre Baptiste : eh bien,
je vous l'assure, je ne voyais pas venir ce moment de paix et de liberté avec autant de bonheur que je l'aurais cru. Je sentais que nous allions encore être dépaysés. Je n'aurais jamais osé
en pleine semaine me présenter avec des habits de
fête chez ma tante la blanchisseuse, ni chez mon
oncle l'épicier. Il me fallait également renoncer
à voir ma sœur Annette, puisqu'elle passait toute
la journée dans son atelier. Il ne nous restait
donc, comme le disait Baptiste, qu'à nous promener hors de Paris comme des grands seigneurs,
dût cette distraction extraordinaire nous coûter
un peu d'argent.

VIII

« La paye devait commencer à dix heures, et

Baptiste être chez lui avant midi. L'*Angelus* son-
nait à la chapelle des Capucins, lorsque je vis
venir un petit gamin : il m'apportait un papier
plié en quatre. Ce papier ne contenait rien autre
chose que ces mots : « *Je ne peux pas venir
encore. Ton mari.* » C'était l'écriture de Ballivet.

« Je pensai tout de suite qu'il avait été retenu
par quelque reste de travail, ou que, pour son
premier règlement de compte, son patron lui
avait cherché quelque difficulté.

« S'il lui fallait achever quelque boiserie et
mettre la main au marteau et au rabot, il allait se
trouver fort embarrassé : car il avait pris, dès le
matin, son habit et son chapeau neuf, son gilet
et sa cravate de soie.

« J'étais prête, je crois, depuis le moment où il
m'avait quittée, tant j'étais impatiente de le voir
revenir. Je lui avais préparé un petit festin, j'avais
renvoyé au lendemain mes coutures et jusqu'à
mes robes les plus pressées.

« A cinq ou six heures de l'après-midi, j'avais
pris mon parti : il ferait sa journée, s'arrangeant
comme il le pourrait de ses beaux vêtements ;
je ne le reverrais sans doute que le soir.

« Dès qu'il commença à faire un peu sombre,
je me mis à la fenêtre. Deux becs de gaz éclai-

raient à droite et à gauche les deux bouts de notre
courte rue : je ne manquerais pas de l'apercevoir
quelques instants plus tôt.

« Quoique ce fût le printemps, la journée avait
été chaude. Vers le soir, le temps était à l'orage :
le vent faisait un grand bruit dans les chemi-
nées, et dans une cour en face on entendait un
volet qui battait par intervalles contre le mur.

« Le vent, en s'engouffrant dans la chambre,
avait éteint la lampe derrière moi ; la petite ouvrière
s'était couchée. Je ne savais plus du tout quelle
heure il était, lorsque j'entendis sonner minuit.
Y avait-il bien si longtemps que j'étais là ?

« Que vous dirais-je ? Mon mari ne rentra pas.
Vous l'avez deviné : sous prétexte de payer sa
bienvenue au chantier, il avait été entraîné à la
barrière par ses nouveaux compagnons. C'est à
ce moment qu'il m'avait écrit. Une fois parti, on
l'avait grisé. Il était trop sobre alors pour se défendre aisément contre le vin. On avait profité
lâchement de sa première ivresse pour le faire boire
jusqu'à ce qu'il fût tombé sans connaissance
sous la table. Il avait passé la nuit dans une
chambre préparée à cet effet dans l'étage au-
dessus du festin. On l'y avait porté à quatre, et le
matin il s'était trouvé enfermé à double tour.
C'est une des sages précautions de l'aubergiste :

cet honnête homme ne veut point que pendant
leur sommeil les ivrognes courent le risque d'être
dévalisés. Baptiste dut attendre qu'on songeât à
lui et qu'on vînt le délivrer. Il rentra chez nous
le mardi, pâle, défait, honteux, à l'heure à peu
près où la veille il m'avait embrassée, leste et
souriant, en me répétant encore une fois : « Dans
deux heures je serai ici. »

« Monsieur, je ne peux pas excuser mon pauvre
mari autant que je le voudrais. Il ne faut pas
cependant tout mettre sur son compte. Avec cette
coutume qu'ils ont de les payer deux fois par
mois, et de leur refuser le vieux dimanche auquel toute la France est habituée, vous comprenez bien qu'un ouvrier disparaît du monde
tout d'un coup, comme s'il était parti pour les
pays étrangers. Le dimanche, nous nous réunis-
sions quelquefois le soir avec des voisins ; on faisait une petite partie de cartes, on mangeait des
marrons arrosés de vin blanc. Le matin, on s'était
rencontré à la promenade ; souvent on y était allé
ensemble ; on se disait la veille de quel côté on
aurait chance de se retrouver. Mais, depuis que
mon mari a été enchaîné à cette galère de tous
les jours, il nous a été impossible de garder la
moindre communication avec nos meilleurs amis.
Bien plus, comme il lui fallait souvent travailler

loin de chez nous, il emportait dans sa poche une
partie de ses repas, et il les mangeait tout seul,
assis sur les marches d'un escalier inachevé.
Petit à petit ses camarades lui firent honte de se
retirer ainsi à part ; il avait bien comme les autres
de l'argent pour déjeuner chez le marchand de
vin, il n'avait pas besoin de grignoter son pain
dans un coin, comme un enfant en pénitence.
Moi-même, je l'engageai à faire un repas un peu
plus gai : l'argent ne m'a jamais rien coûté lorsqu'il s'est agi de Baptiste. Ce qui me navrait,
c'était de voir que, malgré mes prières, il ne rentrait plus guère chez lui les jours de paye. Il avait
toujours une raison pour suivre les autres à la
barrière. Parmi tant d'ouvriers, en effet, il y en a
perpétuellement quelqu'un qui part ou qui arrive,
surtout lorsqu'on a grand soin d'accumuler pendant quinze jours les prétextes pour se divertir.
Le malheur était d'abord que la plus grande partie
de notre argent y passait, et chaque fois Baptiste
me rapportait un peu moins ; puis, je n'en pouvais
douter, il prenait l'habitude de boire. Ce n'était
plus seulement le soir de ce terrible jour de
liberté qu'il rentrait d'un pas incertain et qu'il
se couchait sans rien dire ; la même chose arrivait
quelquefois pendant la semaine. Il avait une
ivresse étrange : au lieu de se laisser aller à plus

d'expansion et de mouvement, on aurait dit qu'il
avait la conscience et ressentait la honte de son
état. Il se glissait dans la maison sans faire de
bruit et s'asseyait dans quelque coin. Là, il luttait
silencieusement contre le sommeil. Il se levait
debout de temps en temps ; puis, lorsqu'il se sentait suffisamment réveillé, il se rasseyait brusquement. Toutes mes questions ne pouvaient lui
arracher que des monosyllabes. La force d'attention qu'il apportait à dissimuler son état lui permettait de répondre presque toujours juste. J'avais
fini dans ces occasions, tous les jours plus fréquen-
tes, par reprendre mon travail et continuer mes
occupations ; je feignais de ne point prendre garde
à lui. Il se dirigeait alors vers son lit et se désha-
billait lentement ; quelques instants après, il dor-
mait d'un sommeil de plomb. Bientôt, il en vint
à n'avoir plus la force, en rentrant, ni de proférer
une parole, ni même de quitter ses vêtements.

« Monsieur, c'est son bon cœur qui l'a perdu ;
cet homme-là avait besoin de se répandre et de
se sentir avec quelqu'un. Sa mère, qui le comprenait bien, l'avait marié jeune. Pour lui, toutes
les richesses et tous les divertissements de la terre
n'étaient rien auprès d'un moment de conversation avec quelqu'un qui lui plût et qu'il aimât.
Une fois qu'il a eu quitté son chez-lui et qu'il

s'est trouvé perdu dans cette grande multitude d'ouvriers, il s'est laissé aller à ceux qui sont venus au-devant de lui.

« N'y a-t-il pas eu de ma faute, à moi? C'est là, Monsieur, ce que chaque jour je me demande à deux genoux. Je l'aimais tant, je le voyais si malheureux, si humilié, que le lendemain je n'osais rien lui dire. Quand on est mari et femme, mon bon Monsieur, on sait ce qui se passe dans l'âme l'un de l'autre. Il lisait dans mon cœur mon chagrin et mon désespoir; je voyais dans le sien le repentir et la ferme résolution de ne plus recommencer. Mais il partait, et son bon dessein ne tenait pas devant le jour de la paye ou les promesses qu'il avait faites à ses camarades. Je ne crois pas m'être jamais abandonnée à un de ces mouvements de colère, à un de ces discours de reproches qui révoltent un mari et le précipitent dans les extrémités. Mais, pour réformer sa vie, pour se soutenir un peu et se donner à tous deux la force qu'on peut se prêter, il est nécessaire d'être ensemble et non pas seulement de se voir un moment, en passant, à la dérobée : il faut croire que l'âme, surtout lorsqu'elle a été froissée de ce qu'elle a fait ou de ce qu'elle a souffert, ne s'ouvre pas aisément. Il faut quelque temps pour qu'elle se laisse aller.

« J'en reviens toujours à mon idée, Monsieur : notre premier, notre vrai malheur a été que nous n'avions plus de dimanche.

IX

« Lorsque nous habitions ensemble notre demeure, elle était riante et bien tenue. Auparavant, quand j'étais seule, dans ma petite chambre de jeune fille, j'aimais déjà à l'orner et à la rendre gaie : je trouvais alors tout naturel et simple de ne songer qu'à moi. Maintenant que je me voyais abandonnée dans cet appartement où j'aimais tant à le sentir auprès de moi, la maison me paraissait vide et je ne m'y intéressais plus à rien. La poussière s'étendait à son aise sur les meubles et recouvrait de deuil notre miroir. Nous avions quelque petite vaisselle dans laquelle il nous était arrivé de donner par occasion à souper ou à dîner aux amis. Jadis je la serrais soigneusement et je la conservais pour nos jours de fêtes ; maintenant elle traînait partout et j'en voyais sans regret les pièces, abandonnées à tous les accidents, se fêler ou se briser une à une. J'avais cessé d'aimer les fleurs depuis que j'avais vu

..

mon mari, rentrant le jour de sa fête, s'écrier en dépassant la porte : « Pouah ! que sent-il donc «ici ! » et écarter d'une main distraite le bouquet que je lui avais préparé. Nous perdions l'un et l'autre tout notre goût à la vie. Notre chambre lui paraissait aussi triste qu'à moi. Au lieu de chanter chez lui et de se taire lorsqu'il dépassait le seuil, comme il arrivait jadis, je l'entendais qui commençait à siffler un air dès qu'il avait mis le pied sur la première marche de l'escalier pour quitter la maison. Au lieu de se réfugier dans cet intérieur qui lui appartenait, il gémissait d'être condamné à y venir coucher tous les soirs, pour avoir à refaire le lendemain la même route avant de se remettre au travail.

« Un jour, il me dit, comme une chose toute simple, qu'il aurait à travailler du côté de Neuilly; qu'il n'avait pas le moyen ni de prendre un carrosse comme un grand seigneur ni de perdre sa journée comme un contre-maître. Il devait rester là-bas et y passer la nuit dans un *garni* : il retrouverait sa dépense sur le temps du chemin qu'il économiserait. Tout ce qu'une femme peut dire à un mari qu'elle aime, tout ce qu'on peut imaginer de prières et répandre de larmes, j'employai tout, mais inutilement ; il se contentait de me répondre sans discuter : «Je ne serai pas tou-

« jours à Neuilly, et quand je me rapprocherai
« du quartier, je rentrerai chaque soir comme à
« l'ordinaire. » Il fallut céder.

«J'attendais avec impatience le lundi de la paye.
Ce jour-là, pensais-je, il reviendra; il voudra voir
au moins si je suis encore en vie. J'étais enceinte,
Monsieur, et prête à mettre au monde mon premier enfant. Celui-là, la Providence ne nous l'a
pas laissé. J'avais été malade pendant la plus
grande partie de la semaine ; sans la petite apprentie qui vivait avec moi, Dieu sait comment je
m'en serais tirée. Elle me soigna, me consola de
son mieux. Mais enfin il m'avait fallu cesser tout
travail ; je n'avais plus d'autre argent à la maison
qu'une modique somme destinée à mes couches,
et à laquelle je ne voulais pas toucher. Il me semblait que ces cent francs étaient sacrés et que
déjà ils appartenaient à notre enfant. Pour la
première fois j'avais compté sur la paye de Baptiste.

« Il revint, Monsieur ; mais pâle, l'œil hagard ;
non pas ivre, mais comme s'il sortait d'une maladie : « Donne-moi ce que tu as gagné cette se-
« maine, me dit-il d'un ton brusque, je n'ai pas
« le sou. » Je demeurai atterrée : il comprit ma
réponse.

« Ah ! que les femmes sont fainéantes, reprit-il

« en haussant les épaules ; fiez-vous donc sur
« elles pour quelques ressources ! Crois-tu qu'il
« n'en coûte rien de se loger et de se nourrir de-
« hors ? Je dois de l'argent à mon garni, et, si
« je ne les ai pas payés d'ici à la fin de la
« semaine, ils veulent vendre la moitié de mes
« outils. Hier, nous nous sommes disputés parce
« que j'étais allé boire ailleurs, et que plusieurs
« camarades m'avaient suivi. Je vais où j'ai du
« crédit donc ! et si je continue à *consommer*
« chez eux, ce ne sera pas le moyen de diminuer
« ma dette. » En achevant ces mots, il se mit
à rire à gorge déployée, comme s'il avait dit la
chose du monde la plus gaie. Je pensai qu'il
avait encore une petite pointe de vin et je m'ef-
forçai de retenir mes larmes.

« Allons, s'écria-t il en passant subitement du
« rire à la colère, tu vas encore pleurer ! Les
« camarades ont bien raison : les femmes ne
« sont bonnes qu'à vous ôter votre courage et
« votre argent. »

« Là-dessus il se leva brusquement de son siége
et fit plusieurs fois le tour de l'appartement, en
jetant sur tous les objets un regard de côté ; puis
il revint vers moi d'un air plus doux.

« Madeleine, me dit-il, j'aurai pour longtemps
« de l'ouvrage à Neuilly. Qui sait ? peut-être

« pour une année ! Ce loyer-ci est bien cher, et
« les gens chez qui j'habite sont de braves gens.
« Il y a de jolies chambres garnies où tu serais
« très-bien. Avoir ses meubles à soi et y habiter
« comme les riches, c'est trop de dépense pour
« un ouvrier. Tu vois que nous nous ruinons à
« payer deux domiciles, l'un pour toi ici et
« l'autre pour moi où je travaille. Au contraire,
« supposons que mon métier m'appelle dans
« un autre endroit, à Montrouge par exemple :
« nous n'avons plus besoin de déménager, et
« nous trouverons partout ce qu'il nous faudra
« pour passer la nuit. C'est bien de l'argent
« perdu que d'avoir un domicile où l'on n'habite
« pas. »

« Je n'ai pas besoin de vous dire, Monsieur, ni
la réponse que je fis à Baptiste, ni les raisons que
j'avais à lui donner. J'avais dans le quartier
des pratiques que je servais depuis des années ;
mieux que des pratiques : de bons amis, des gens
qui m'avaient connue petite et qui à l'occasion
n'auraient pas mieux demandé que de me servir.
On m'aimait, je le sentais, et cela me donnait du
courage. Maintenant qu'il me fallait vivre comme
une pauvre isolée dans mon appartement désert,
je me savais sous la protection de mes voisins.
J'aurais trouvé pour me défendre et pour me sou-

tenir, si j'en avais eu besoin, les pères de famille
les plus respectés. On me faisait meilleure grâce
depuis qu'on me voyait plus malheureuse. Je
m'apercevais que mes plus anciennes pratiques,
par une délicatesse qui m'allait au cœur, se faisaient un devoir de ne plus débattre les prix que
je leur demandais. Mais si je partais pour Neuilly
ou pour tout autre endroit, qu'allait devenir ma
petite industrie? Qu'allais-je devenir moi-même,
obligée de me réfugier au hasard dans la première auberge venue, exposée au voisinage des
mauvaises gens, réduite à chercher ailleurs de
l'ouvrage, quand, depuis quelque temps, je ne
pouvais plus suffire à l'abondance de ma besogne ?

« Baptiste, au lieu de me répondre, tourna
brusquement sur ses talons et partit.

X

« Avez-vous remarqué, Monsieur, ce qui arrive lorsqu'on tombe malade et qu'on se met au
lit ? On lutte quelquefois des journées entières
contre le mal qu'on sent venir, on résiste jusqu'au dernier moment ; puis, tout d'un coup,

vous êtes abattu, vous tombez, et vous n'avez plus la force de soulever votre tête de votre chevet. La même chose m'est arrivée, Monsieur. J'ai lutté pour tirer Baptiste de ses terribles habitudes ; j'ai lutté pour garder ma chambre et ma maison ; puis j'ai vu que j'étais vaincue, et j'ai eu un moment de découragement, comme si tout était fini. J'avais tort cependant de désespérer de la Providence, puisqu'elle m'a envoyé un autre enfant ; puisque, tout faible et malade qu'il est, elle m'a encore laissé la consolation de conserver mon pauvre mari.

« Je fus obligée d'aller faire mes couches dans une espèce d'hospice ou de maison de santé. Une voisine, dont le mari était confiseur et avait des pratiques haut placées, usa pour moi de tout son crédit. Elle m'y fit recommander expressément. Le prix ordinaire était de six francs par jour ; mais, grâce à nos voisins, on m'accorda toute espèce de réductions et de faveurs ; il fut même convenu que je n'aurais rien à payer en argent, et que plus tard je les rembourserais de mon travail. J'avais, comme vous le voyez, de bons appuis dans les personnes qui s'intéressaient à moi.

« Tant de secousses avaient détruit mon repos et ébranlé ma santé ; je n'avais plus de force

quand il me fallut donner le jour à mon enfant :
il mourut quelques jours après sa naissance , et
moi-même on me crut perdue. Ah ! si on n'était
pas chrétienne, il y a des jours, Monsieur, où
l'on regretterait que le bon Dieu ne nous ait pas
accordé la grâce de mourir.

« J'étais impatiente de reprendre mon travail ;
je me sentais déjà plus vaillante et plus forte.
Baptiste me témoignait beaucoup d'intérêt et de
tendresse ; il venait me voir assidûment ; il était
le premier à insister pour que j'achevasse de me
remettre avant de quitter la chambre où j'étais
restée si longtemps malade et si longtemps ren-
fermée : « Tu veux donc que je me dorlote et que
« je me guérisse comme une princesse? lui disais-
« je un jour en riant. Il faut cependant que je
« finisse par retourner chez moi. Je veux revoir
« enfin notre maison , elle doit avoir besoin d'un
« peu d'ordre.

« — Vois-tu, me répondit Baptiste d'un air em-
« barrassé, pour le moment il faudra que nous
« cherchions un autre domicile. Le nôtre était
« trop cher pour nous, et qui sait si le proprié-
« taire ne voulait pas augmenter encore ? »

« Je le regardai sans bien le comprendre.

« — Oui, Madeleine, continua-t-il ; j'ai fait
« l'économie d'un mois de loyer, et, par la même

« occasion, je t'ai débarrassée de quelques vieux
« meubles qui tenaient de la place. La place
« coûte si cher à Paris ! » ajouta-t-il en soupi-
rant.

« Vous devinez ce qui était arrivé. Baptiste
avait impitoyablement vendu notre cher mobilier : mon lit de noces, qui me venait de ma
mère ; ma commode de jeune fille avec des
tiroirs aux ornements de cuivre, que j'avais
achetée de mon premier argent ; les vases de
fleurs qu'on m'avait donnés à ma première communion. Il avait fait mettre le linge dans nos
deux grandes armoires qu'il avait gardées, et il
avait fait transporter ces derniers restes de notre
richesse dans la chambre qu'il occupait après la
barrière au fond d'une deuxième cour.

« Nous commencions notre vie en garni. Cette
maison n'était autre chose qu'une espèce d'auberge où on logeait au mois et à la nuit ; vous
n'étiez pas absolument forcé d'y prendre vos repas, mais vous étiez très-mal vu des propriétaires
si vous vous avisiez de vous nourrir ailleurs, ou
même de manger dans votre chambre. C'était,
disaient-ils, donner le mauvais exemple dans la
maison. Donner le bon exemple, au contraire,
c'était s'asseoir à une espèce de table d'hôte qu'on
servait le matin et le soir. La salle s'ouvrait sur

5

une sorte de cabaret ou de café donnant sur la
rue. Par une combinaison infernale, on faisait
volontiers crédit pour les consommations prises
au café, jamais pour la nourriture quotidienne.
Il fallait payer son repas avant de le prendre.
Tout au contraire, dès qu'on était connu ou simplement domicilié dans la maison, on pouvait se
faire servir, en passant dans la salle à côté, autant de punch et de petits verres qu'on le jugeait
à propos. Il fallait que la note fût bien grosse et
qu'on eût négligé bien longtemps de donner un
à-compte, pour qu'on se décidât à vous le rappeler. Cette facilité plaisait singulièrement aux habitués de l'endroit; ils ne remarquaient point avec
quelle adresse et quel à-propos le prudent aubergiste saisissait l'instant favorable pour se faire
rembourser quelques pièces de cinq francs. Il
avait au plus haut degré l'art de ne leur point
adresser de demande lorsque en effet ils n'avaient
pas d'argent, et l'à-propos de se trouver là lorsqu'ils venaient d'en recevoir.

« Comme cette chambre était petite, étroite,
mal fermée, mal défendue! Le bruit y pénétrait
de tous les côtés ; les billards et les estaminets
faisaient le tour des cours intérieures au rez-de-
chaussée ; les billes roulaient sur les tapis, l'odeur
du vin et du tabac montait jusqu'à nous. Je me

hâtai de tirer les volets pour me sentir un peu chez moi.

« Baptiste avait fait transporter dans cette chambre les deux armoires qui contenaient le reste de mon linge, ce trousseau que ma mère avait été si fière et si heureuse de me donner. Mon mari n'avait pas même songé à les ouvrir : elles étaient étendues au milieu du plancher, l'une sur l'autre, les portes en dessous. Il aurait fallu deux hommes pour les retourner. Les vêtements de Baptiste étaient pendus à une corde qui coupait l'appartement en travers. Il ne montait jamais se mettre au lit qu'après avoir prolongé sa veille jusqu'au dernier coup de minuit ; encore grommelait-il entre ses dents que le sergent de ville ferait bien mieux de n'être pas si exact. Il s'étendait sur son lit parfois tout habillé, et il avait de la peine à se trouver debout le lendemain à l'heure du travail.

« Il n'y avait qu'une chaise pour nous deux.

« Le soir, Baptiste se jeta sur le lit, et, comme je m'apprêtais à me coucher à mon tour :

« — Souffle ta lampe, me dit-il.

« — Souffler ma lampe ? mais nous n'y verrons « rien, les volets sont fermés.

« — Souffle ta lampe, te dis-je : il y a des « trous au plafond, et je ne suis pas bien aise que

« les compagnons le regardent par les fentes. »

« — Je devins toute rouge et je ramenai mon
châle autour de moi. Quand j'eus éteint la lumière, je me figurais que les ténèbres étaient
claires ; et, quoiqu'il me fût impossible de rien
distinguer, je ne me déshabillais qu'en tremblant, comme si l'obscurité elle-même était devenue visible.

XI

« Je ne peux pas vous dire, Monsieur, tout ce
que j'ai souffert. L'usage n'était pas que les
femmes mangeassent à la table commune ; elles
venaient chercher leur dîner à la cuisine et l'em-
portaient chez elles. J'en fis l'observation à Baptiste. Je ne voyais pas pourquoi je ne me serais
pas assise à côté de mon mari. Il prétendit que la
police le défendait. Je voulais qu'il montât
manger avec moi dans ma chambre ; mais il aurait fallu pour cela se brouiller avec les maîtres
de la maison, auxquels il devait toujours quelque
chose.

« Quelle longue misère j'ai dévorée ! Je ne

croyais pas alors que mon malheur pût aller plus loin. C'est dans cette chambre à moitié ouverte, au-dessus de cette tabagie, dans ce bruit et cette mauvaise odeur, que je suis devenue mère une seconde fois, et, malgré mes souffrances, mon enfant a vécu. Pauvre petit ! vous l'avez vu, il va porter quelquefois le dîner à son père ; mais il n'ose pas s'approcher de lui : son père lui fait peur. Ce dernier malheur est la fin de notre histoire.

« J'avais repris mon état de couturière et je gagnais ma vie tant bien que mal. Baptiste avait paru heureux lorsqu'il avait vu sourire son enfant ; il se plaisait à dire que son fils lui ressemblait, et qu'en venant au monde le pauvre petit lui avait tendu les bras. Il avait pris l'habitude les jours de paye de déposer la plus grande partie de son argent sur le berceau ; c'est là que je le prenais en souriant ; j'embrassais mon mari et je me croyais raisonnable de penser encore au bonheur.

« Hélas ! Monsieur, je ne me doutais guère de ce qui se passait. Baptiste avait trouvé un compromis avec sa conscience. Pendant qu'il m'apportait l'argent de ses journées, il continuait à crédit ses dépenses d'autrefois. Piqué au jeu par les reproches de ses compagnons sur ses absences plus

fréquent s et sur ses économies plus visibles, il
avait voulu vaincre par ses prodigalités jusqu'au
soupçon de l'avarice ou du repentir ; il se montrait
à table ou au café plus généreux et plus magnifique que jamais, n'épargnant ni les vins d'extra,
ni les liqueurs fines : son compte atteignit bientôt
un chiffre démesuré.

« Un jour que j'étais sortie, je fus stupéfaite de
trouver en rentrant un second lit installé dans
ma chambre.

« La maitresse de la maison attendait mes
plaintes de pied ferme.

« — Vous n'êtes pas, me dit-elle avec dureté,
« de meilleure famille que les autres; et je ne
« vois pas pourquoi vous seriez ici le seul mé-
« nage à faire chambre à part. Passe encore si
« je mettais chez vous des célibataires; mais
« entre gens mariés il n'y a pas de gêne, et l'on
« peut s'entendre. Après tout, si mon arrange-
« ment ne vous va pas, vous avez le droit de me
« payer et de partir. On vous donnera le compte
« de monsieur Ballivet; encore faut-il le temps
« de vous le faire, car, Dieu merci, il n'est pas
« court. »

« Oui, Monsieur, un homme et une femme
vinrent habiter notre chambre et y occuper ce
deuxième lit. J'eus toutes les peines du monde à

obtenir des rideaux. Heureusement ils étaient d'indienne et en couleur : c'était une protection de plus; mais, croyez-le, j'aurais mieux aimé dormir sur la terre, la tête appuyée aux bornes qui font le coin des chemins.

« Le lendemain, quand les deux hommes furent partis, je me trouvai seule face à face avec cette grande femme, pâle et maigre. Elle me regarda d'un air insolent et me dit avec un profond mépris :

« — Vous êtes mariée, vous ? .... »

« Elle se mit à sourire amèrement, et tirant de sa poche une petite bouteille d'eau-de-vie, elle en but à plusieurs reprises de longues gorgées.

« A partir de ce moment, Monsieur, je crois que je perdis tout courage. Si je n'avais pas eu mon enfant, je n'aurais jamais pu supporter ce qu'il me fallut souffrir. Nos voisins et mon mari lui-même voulaient, disaient-ils, m'apprendre à boire. Je résistai, et pour la première fois de sa vie Baptiste me frappa. Enfin, quand mon pauvre petit eut trois ou quatre ans (oui, Monsieur, je suis restée là aussi longtemps que je vous le dis), il prit cet enfant en aversion. J'ai toujours pensé, pour me consoler, que cette mauvaise femme m'en avait voulu d'être mère et de le lui avoir avoué avec tant d'orgueil ; ce sont eux qui ont fini par retourner l'esprit de mon mari contre son fils : il leur a fallu trois années et plus pour dénaturer le cœur de mon pauvre Baptiste. Quand le vin ou les liqueurs lui avaient ôté une partie de sa raison, et que son petit criait, mon mari lui donnait des coups, comme s'il avait été assez fort pour les supporter. Mais le pauvre enfant ne cria pas longtemps ; lorsqu'il voyait rentrer son père, il se cachait dans quelque coin et ne bougeait plus. Ce silence et cette immobilité ne lui épargnaient pas toujours des injures et des reproches.

« Enfin, Monsieur, mon mari se mit un jour dans la tête une idée terrible ; Paul pouvait avoir cinq ans.

« — Je ne veux pas, me dit-il tout d'un coup, « que cet enfant couche dans cette chambre.

« — Et où veux-tu qu'il couche ?

« — Je ne veux pas que cet enfant couche « dans cette chambre.

« — Mais quel mal te fait-il, et pourquoi ne « veux-tu pas le laisser mettre dans son lit, « où il va dormir bien tranquillement ?

« — Je ne veux pas que cet enfant couche « dans cette chambre. »

« Paul, qui commençait à se déshabiller, prit peur et s'enfuit jusqu'à la porte.

« Mon mari le poussa dehors et en retira la clef, qu'il mit sous son chevet.

« Je me jetai à ses pieds, je lui représentai la fraîcheur de la nuit, le danger de mon fils ; je le suppliai de me laisser sortir à mon tour. Il me prit par les deux épaules, et, me renvoyant avec force jusqu'au mur de la chambre :

« — Je ne veux pas que tu sortes et je ne
« veux pas qu'il entre. Il fait chaud, c'est l'été.
« Je ne veux pas que cet enfant couche dans
« cette chambre. »

« Baptiste était ivre ; mais de cette ivresse terrible que donne l'eau-de-vie, ivresse perfide et cruelle, que je ne connaissais pas encore. Je le voyais depuis quelque temps calme et morne, le visage pâle et les traits contractés. Il ne disait rien, et j'attribuais cette tristesse profonde au chagrin, peut-être au repentir. Je me disais que peut-être en son cœur il commençait à regretter à son tour ce doux abri de notre premier toit, la chambre de nos noces, les meubles de notre mère. Alors je regardais avec espoir ces yeux abattus, ces lèvres serrées, cette figure sombre. S'il pouvait regretter son passé, n'était-il pas sur le point de changer son avenir ? Hélas ! je me trompais ; ce que je prenais pour le calme de la douleur n'était qu'une ivresse concentrée, cent fois plus terrible et plus implacable que toutes ses ivresses d'autrefois.

« Paul essaya de pleurer à la porte; mais son père lui cria d'une voix tonnante : « Tais-toi, je « ne veux pas que tu pleures. » L'enfant étouffa ses sanglots ; il se tut et s'endormit sur les marches de l'escalier. Heureusement nos voisins rentrèrent à trois heures du matin. Ils avaient passé la nuit à danser à la barrière. Je priais Dieu pour les faire revenir. Je remis Paul dans son lit après l'avoir réchauffé de mes caresses. Il avait posé son pied droit tout nu sur la pierre froide. Vous l'avez vu, Monsieur, il boîte depuis ce temps-là.

« Je ne sais pas quelles plaisanteries on avait pu faire à Baptiste sur sa faiblesse ou sur sa pitié pour nous; mais il n'avait pas plutôt perdu la raison qu'il semblait éprouver le besoin de se bien prouver à lui-même son empire et sa domination sur nous. Il se redressait tout d'un coup et il s'écriait : «Je ne veux pas que tu soupes; » ou bien : « Je ne veux pas que tu te couches. » Plus souvent il répétait sa terrible parole : «Je ne veux « pas que cet enfant couche dans cette cham- « bre. » Je me hâtais alors, pour lui obéir, de tirer le berceau sur l'escalier. Ma frayeur était qu'il ne lui prît l'idée de jeter Paul par la fenêtre, de le fouler aux pieds ou de l'assassiner. Dans ces moments-là, il en aurait été capable. Je priais Dieu de détourner sa colère de mon enfant. Je me trouvais heureuse quand sa fureur était toute pour moi.

« Pourquoi donc, Monsieur, cette ivresse de l'eau-de-vie est-elle si terrible ? Il y a des gens pris de vin qui sautent, qui dansent, qui chantent : ils voudraient faire la fortune de ceux qui les approchent et ils embrassent avec attendrissement les arbres du chemin. L'eau-de-vie ne produit jamais ces effets-là : elle rend féroce : elle réveille tous les mauvais instincts, tous les désirs criminels, toutes les passions sauvages ; il semble qu'elle redouble la volonté et les forces pour donner le courage du mal. Dans ces moments-là Baptiste aurait brisé la porte d'un coup de poing. L'homme et la femme qui couchaient à côté de nous demandèrent d'eux-mêmes à se caser ailleurs ; notre voisinage leur paraissait trop dangereux. Le croiriez-vous ? Je les vis partir avec regret, moi qui m'étais tant révoltée de voir ainsi violer et profaner mon foyer domestique, moi qui n'osais plus murmurer le soir une parole à l'oreille de mon mari, dans la crainte que cette parole ne fût entendue. J'avais peur maintenant de me trouver seule avec lui. S'il venait à m'arriver malheur dans une de ses colères, ne vaudrait-il pas mieux avoir quelqu'un là pour me porter les premiers secours? Malgré leur dureté, ils avaient fini, je crois, par me prendre en pitié. Je ne me trompais pas. La grande femme à qui ma résignation et ma douceur étaient particulièrement insupportables, ne put s'empêcher de me dire en partant : « Adieu, nous tâcherons de « trouver des gens qu'il ne faille pas toujours plain- « dre. » Mais je n'avais pas tant à craindre que je le pensais, et les choses devaient prendre un tour bien différent de celui que j'avais attendu.

XII

« Mon pauvre Baptiste ne mettait plus ni trêve ni intervalle entre ses visites au cabaret ; chaque soir il recommençait de plus belle ; il n'en faisait plus mystère et n'en ressentait plus de honte. Je l'ai vu rentrer chez lui pour y déposer ses outils et ressortir tranquillement pour aller prendre, disait-il, « sa petite pointe. » Mais moi, qui étais perpétuellement malade de mes fatigues, de mes veilles, de mon enfant chétif et mal venu qu'il me fallait soigner et sauver de la mort, je ne

pouvais pas me résoudre à le voir prodiguer ainsi
cet argent qui coûte tant de peine à gagner. Sur
moi seule retombait le fardeau de notre nourriture, de notre loyer, de nos vêtements. C'était
à grand-peine si Baptiste consentait à me donner
quelque chose pour m'aider. « C'est mon argent
« que je gagne, répétait-il violemment ; il est
« pour moi. » Il poussait la précaution jusqu'à ne
reparaître jamais chez nous que le lendemain de
sa paye ; il passait invariablement cette nuit-là
dehors. Il se défiait de son cœur, et il avait peur
de partager avec nous. Bien des fois je suis allée
l'attendre à la porte du contre-maître, alors qu'il
sortait en faisant sonner ses écus dans sa poche.
Là, malgré les railleries de ses camarades, malgré leurs regards méprisants ou irrités, je tendais
la main à Baptiste comme une mendiante, sans
lui faire de reproches. « Souviens-toi, lui disais-je,
« de ta femme et de ton enfant ; » si bien que ses
compagnons les plus emportés se sentaient émus
de pitié et le poussaient rudement par les épaules
de mon côté. D'autres fois, ils se faisaient une
cruelle joie de l'emmener sous mes yeux. Je le
suivais alors d'un peu loin jusqu'à leur café habi-
tuel, non point pour l'empêcher d'entrer ni pour
faire du scandale ; mais, comme ce café n'avait
qu'une porte, une fois arrivée sur la place, je de-

vançais mon mari ; sur le seuil, je pouvais encore
lui tendre la main et lui répéter de plus près,
une seconde et dernière fois : « Baptiste, souviens-
« toi de ta femme et de ton enfant. »

« En ce temps-là, Monsieur, je commençai à
m'apercevoir d'une chose qui m'effraya beaucoup ;
c'était le matin surtout que je voyais Baptiste,
alors qu'il se levait tout appesanti des fumées de
la veille. Comme il était excellent ouvrier dans
son état, les entrepreneurs et les contre-maîtres
ne le chicanaient pas trop sur l'heure à laquelle
il se mettait au travail. Aujourd'hui qu'on fait
tant de maisons neuves, on ne trouve pas toujours autant d'ouvriers qu'on en voudrait, et si
Baptiste m'avait donné pour tenir notre ménage
la moitié seulement et peut-être le quart de ce
qu'il gagnait, nous n'aurions manqué de rien.

« Je lui préparais chaque matin une bonne
soupe, qu'il trouvait toujours trempée et fumante
au sortir de son lit. Pendant qu'il la mangeait, je
le voyais parfois tressaillir de mouvements étranges : sa main sautait et partait, comme il arrive
lorsqu'un bruit inattendu vient vous surprendre.
J'attribuais d'abord ces mouvements brusques à
quelque impatience ou à quelque contrariété. Je
lui disais alors, de ma voix la plus douce :
« Qu'as-tu, Baptiste ? tu n'es pas content !

« — Si, si, répétait-il, je n'ai rien, je suis con-
« tent ; » et il continuait son déjeuner. Mais il ne
tardait pas à recommencer ses tressaillements. Je
faisais semblant de ne pas m'en apercevoir ; cependant je distinguais, jusque sur sa figure, des
contractions dans ses lèvres, ses yeux, ses sour-
cils : sa tête elle-même s'agitait comme dans une
convulsion. Parfois il avait de la peine, en marchant, à ramener jusqu'à terre le pied qu'il venait
de lever. Nous devrions avoir recours plus souvent
et plus tôt aux médecins. On s'alarme de voir malades ceux qu'on aime, sans rien faire pour se rassurer
soi-même ou pour les secourir. J'observais silencieusement les progrès de ce mal, me demandant
tout bas chaque jour s'il n'y avait pas quelque moyen
pour l'arrêter et ne songeant même pas aux re-
mèdes de la médecine. Il lui arrivait de frissonner
sur sa chaise, comme si une main puissante l'avait
secoué depuis la plante des pieds jusqu'à la racine
des cheveux. Alors ses yeux roulaient au hasard ;
il poussait un gémissement inarticulé, et les
doigts de ses mains s'agitaient, comme ceux d'un
enfant qui dans son premier âge s'efforce de saisir un objet qui s'enfuit. Ces secousses violentes
le laissaient quelque temps tout étourdi ; il lui
fallait plusieurs minutes pour se remettre. Si de
pareilles crises l'avaient pris debout, il aurait été

obligé de s'asseoir, ou bien il lui aurait fallu tomber.

« C'étaient les premières atteintes d'une maladie terrible dont ceux qui l'ont soigné prononçaient le nom en latin. C'est comme un délire qui vous fait trembler, une espèce de convulsion qui dure toujours. Vous ne pouvez plus remuer à votre guise ; votre corps ressemble à un arbre déraciné que le vent agite. Vos bras, vos mains, vos membres ne vous obéissent plus, et, lorsque le mal vous monte au cerveau, vous perdez la connaissance de vous-même, vous devenez comme un furieux ou comme un hébété, tantôt poussant des hurlements insensés, tantôt silencieux et incapable d'entendre et de répondre.

« C'était la suite de tant d'ivresses. L'entrepreneur, qui connaissait la marche de ce mal pour l'avoir souvent observé dans les chantiers, avait adressé, comme je l'ai su plus tard, les plus vives exhortations à mon mari, qu'il aimait beaucoup. Rien n'y avait fait.

« Un jour, je vis revenir Baptiste à neuf heures du matin ; il était pâle et se soutenait à peine. Je crus d'abord qu'il était arrivé un accident. Les menuisiers n'en sont pas à l'abri beaucoup plus que les autres, bien qu'ils attendent pour s'y mettre que la maison soit à peu près finie. Heureusement Baptiste n'avait point de mal. Pourtant de grosses larmes roulaient dans ses yeux : il venait d'être renvoyé définitivement, parce qu'on le jugeait désormais incapable de travailler.

« Il s'assit contre la table, prit sa tête entre ses mains et se mit à pleurer sans rien dire : son cœur se fondait devant ce malheur qui lui faisait honte. Puis, tout d'un coup, il fut pris d'une attaque terrible, comme d'une épilepsie, et il tomba sur le plancher de notre chambre en criant et en se débattant.

« A partir de ce jour-là, Monsieur, tout a été fini ; il n'a jamais repris ni sa connaissance entière, ni presque la parole. Tout ce qu'il peut faire, avec une extrême attention, c'est de nous distinguer Paul et moi des autres personnes. Depuis qu'il va mieux, il porte sa nourriture à sa bouche et il nous aide à l'habiller ; il peut se tenir sur ses jambes, et, quand il est bien soutenu, monter quelques marches d'un escalier : voilà tout. Il ne paraît pas se souvenir de ce qu'il a été ni de ce qu'il a fait. Parfois, cependant, lorsqu'un maçon ou un ouvrier de son état traverse le pont des Arts dans son costume de travail, j'ai vu son regard briller plus qu'à l'ordinaire, son œil se fixer sur eux et les suivre aussi loin qu'il pouvait encore les apercevoir. Quelquefois je sens sa

main qui tâche de serrer la mienne, et l'autre
jour, en me réveillant, je l'ai entendu qui faisait
effort pour m'appeler et prononcer le nom de
Madeleine. Alors je lui parle pour le consoler.
Je lui dis combien je l'aime et que je suis heureuse d'avoir soin de lui; que je ne le quitterai
pas; que je ne souffre pas. M'entend-il bien?
Hélas! souvent il ne me comprend guère, et je
m'aperçois qu'il s'est rendormi. Je crois que ma
voix et ma parole lui font l'effet d'une chanson
sur un petit enfant : elles le calment et le ber-
cent. D'ailleurs, qu'ai-je besoin qu'il me réponde?
Je sais bien ce qu'il me dirait. Pourvu qu'il re-
connaisse sa Madeleine, cela me suffit; pourvu
que le bon Dieu me le conserve et me le guérisse
un peu, j'aime mieux, pour lui-même, le voir dans
cet état que blasphémant dans les fureurs de l'i-
vresse ou levant la main sur son enfant.

XIII

« Monsieur, avant que Baptiste fût ainsi tombé,
j'avais traversé des moments bien difficiles :
j'avais eu faim, j'avais eu froid, et cependant je

n'avais jamais rien demandé à personne. Par fierté, je n'avais plus reparu dans mon ancien quartier, où je savais bien cependant que chacun était prêt à m'aider de son amitié et de son argent. Mais, quand je vis Baptiste malade, quand je sentis qu'il fallait le faire transporter à l'hôpital ou le laisser souffrir chez moi de tout ce qui allait lui manquer, je pris un parti énergique. Je retournai tout droit dans la rue et dans la maison que j'avais si longtemps habitée. Il y avait justement une petite chambre vide. Cette fois, on nous laissa partir de ce garni où nous avions langui six années, et, pour nous ôter l'envie d'y rester plus longtemps, le maître du logis, auquel la maladie de Baptiste laissait un remords, voulut absolument me donner une quittance de ce que je lui devais. Il pouvait bien me faire cet abandon. J'ai réfléchi depuis à tout ce qu'il avait dû gagner avec nous. Pour qui, en effet, mon pauvre mari avait-il travaillé? pour qui s'était-il ruiné la santé, si ce n'est pour l'enrichir? Tout l'argent de ses salaires n'avait fait que passer entre les mains de Ballivet, et il avait été pour eux comme un champ en plein rapport.

« Rentrée dans mon quartier, je me retrouvais en pays de connaissance, et chacun se faisait une fête de me venir en aide : on me prêta du linge

et des meubles qu'on ne m'a jamais laissé rendre.
On se relevait pour veiller mon mari. C'est une
bonne chose que de s'entr'aider ainsi. Moi qui
étais si pauvre, qui avais alors tout à recevoir et
rien à donner à personne, j'ai pu reconnaître, à
mon tour, les bons soins qu'on avait eus de moi.
Lorsqu'une mère perd son petit enfant, lorsqu'un
fils part pour l'armée, lorsque de vieux parents
sont malades, on vient me chercher : on sait que
je comprends si bien la souffrance ! Bien des fois
on a voulu me débarrasser, disait-on, de mon
mari, et le faire entrer dans quelque hospice où
il serait mieux qu'auprès de moi. Pourquoi y se-
rait-il mieux ? parce qu'il aurait une meilleure
soupe à ses repas, de la viande plus souvent et en
plus grande abondance ? On n'est pas plus heureux pour manger plus et pour manger mieux.
Au lieu de revenir à lui peu à peu comme il le
fait chaque jour, au lieu de sentir renaître son
cœur, il eût perdu infailliblement dans cet abandon le reste de son âme. Vous figurez-vous mon
pauvre Baptiste levé, couché par des mains étran-
gères, tandis que ni Paul ni moi n'aurions plus personne à aimer ? Les hospices, Monsieur, sont faits
pour recueillir ceux qui n'ont plus d'abri dans le
cœur de personne, les orphelins, les abandonnés ;
mais non pas ceux auxquels leur femme a promis,

en les épousant, de les suivre et de ne pas les quitter.

« Un grand personnage, qu'on a intéressé à nous, nous a fait avoir pour Baptiste l'autorisation de mendier sur le pont des Arts. On a beau me dire que la mendicité est interdite, je vois bien le contraire, et je trouve bien juste qu'on ne refuse pas aux riches au moins l'occasion de se souvenir qu'il y a des pauvres. Mais mon mari n'est pas aveugle, cela lui fait du tort. Puis, je ne le mène pas sur le pont lorsqu'il fait mauvais temps. Je sais bien que les jours de froid et de pluie les passants sont portés à plus de compassion ; mais j'ai toujours peur qu'il ne retombe et j'aime mieux sacrifier ce qu'il recevrait. Il ne peut pas non plus jouer d'aucun instrument pour attirer l'attention, et si nous n'avions pas le chien caniche qui fait penser à le regarder, nous serions peut-être les plus oubliés de tout le pont.

« Heureusement j'ai trouvé de l'ouvrage. Je travaille, comme vous le voyez, pour les marchands d'habits confectionnés. Comme je suis recommandée, on me réserve le travail le plus avantageux. Je gagne ainsi presque autant qu'à coudre pour un tailleur. Je n'ai point eu jusqu'à présent de chômage, et j'ai quelque argent à la caisse d'épargne pour le jour où je tomberai malade.

« Monsieur, chaque dimanche matin j'habille de bonne heure mon petit Paul de ses habits les plus propres ; je lui donne tout ce qu'il peut avoir pour jouer, un chariot cassé, des billes en pierre, des chiffons de papier et d'étoffes. Quand il fait beau, je le mène promener. Je fais tout ce que je peux pour lui apprendre que le dimanche n'est pas un jour comme les autres. Je crois que j'en suis venue à ne plus le reprendre et à ne plus le gronder ce jour-là. Je renvoie au dimanche toutes les petites douceurs que je pourrais lui donner dans la semaine. Je veux qu'il s'en réjouisse d'avance, qu'il l'attende comme une fête, et que cette impression lui dure toute sa vie.

« Ce qui nous a perdus, Monsieur, Baptiste et moi, c'est de n'avoir plus de dimanches. Lorsqu'on reste ensemble depuis le matin jusqu'au soir, après avoir été séparés pendant six grands jours, il n'y a pas de bouderie qui dure, pas de querelle qui ne se termine, pas de parole trop vive qui ne s'oublie. On ne peut pas se dire, sans préparation, mille choses délicates et nécessaires dont une femme a besoin d'entretenir son mari. On ne peut pas lui adresser tout d'un coup des questions qui ressembleraient à un interrogatoire, ou des observations qui auraient l'air de reproches. Il

faut le conduire tout doucement à des confidences,
et pour ainsi dire à des aveux. Le caractère des
hommes est si franc et si loyal, qu'eux-mêmes ne
peuvent pas tenir longtemps contre leurs dissimu-
lations les plus résolues et les mieux préparées.
Alors, Monsieur, on forme des projets et des résolutions qu'on s'encourage à tenir ; on s'explique
sur tant de petits froissements qui ne sont rien ;
mais vous savez que le même pli, lorsqu'on ne
prend pas le soin d'étirer l'étoffe, finit, s'il continue, par déchirer la peau et par commencer
une plaie.

« Notre second malheur et notre seconde faute
a été de nous sortir de nos meubles et de notre
quartier. J'ai bien vu après, combien Baptiste
avait été retenu seulement par la pensée des
voisins, et par la seule crainte de traverser le
quartier en état d'ivresse. Là où vous êtes connu,
un ami peut frapper tout d'un coup et chaque soir
à votre porte ; vous ne voulez pas avoir à rougir de
votre maison ; vous avez soin de maintenir quelque ordre et quelque propreté. A l'autre bout de
Paris, au contraire, nous étions plus isolés et
plus inconnus que si nous étions arrivés la veille
de l'Amérique. Personne n'a jamais mis les pieds
dans notre chambre, excepté les médecins lorsque
j'étais malade, ou le propriétaire lorsqu'il venait

nous demander son argent. Le voisinage est comme une grande famille. D'ailleurs, les meubles de votre maison, qui sont à vous depuis si longtemps, qui vous viennent de vos parents, qui vous rappellent les souvenirs heureux de votre vie, à force de vous devenir familiers, finissent par vous tenir compagnie. Ce n'est pas trop d'avoir dans ce monde un coin pour se retirer tant pauvre soit-il, et un jour de la vie, tant rude soit-elle, pour se reconnaître et pour s'appartenir. »

Depuis mon entretien avec Madeleine Ballivet, je m'arrête plus souvent encore devant le pauvre infirme du pont des Arts : je lui donne deux sous au lieu d'un, et j'y demeure plus que jamais immobile, livré à de longues réflexions.

DISTRIBUTEUR DE PROSPECTUS

I

A Paris, plusieurs industriels et marchands, lorsqu'ils ne sont pas encore connus, ont recours à un singulier moyen pour se créer une clientèle. Ils apostent, au coin de quelque boulevard ou de quelque rue, un homme qui distribue de petits papiers sur lesquels ils ont fait imprimer eux-mêmes le panégyrique de leur marchandise ou de leur commerce. Ce petit papier est ce que l'on appelle un *prospectus*. L'expression n'est pas fort exacte. Un prospectus devrait être, comme l'origine du mot l'indique, un aperçu des prix et des qualités, et non pas un éloge effréné, semblable à celui que l'homme à la baguette débite dans les foires à la porte de quelque curiosité vivante.

Il passe tant de monde dans les rues de la capitale que quelques heures suffisent pour écouler

6

plusieurs centaines, souvent plusieurs milliers de
petits papiers. Le distributeur tient quelquefois
dans ses mains deux ou trois paquets d'annonces
différentes : à chaque personne qui passe, il remet,
avec une prestesse remarquable, son petit assortiment qu'il extrait à mesure et qu'il dispose en
éventail.

Ce besoin, peut-être cette nécessité de faire
comme on le dit de *la réclame*, est si grand à
Paris, que le métier de distributeur de prospectus est devenu une véritable profession. Ils ont
un costume spécial, qui tient le milieu entre le
douanier et le facteur de la poste aux lettres. Je
vous assure qu'ils ne restent point sans occupation, et que la besogne ne leur manque pas. Il y a
tel coin de rue, tel débouché sur le boulevard, où
vous êtes à peu près sûr d'en rencontrer au moins
un. Je sais de petits enfants qui s'amusent à faire
des collections de prospectus durant leurs promenades.

II

J'étais sorti vendredi dernier avec mon neveu
Joseph. Comme il n'a encore que neuf ans et qu'il

ne saurait demeurer à jeun tout le temps qui sépare son déjeuner de son dîner, il ne refusa point
d'entrer sur le boulevard à la pâtisserie Frascati,
afin de s'y livrer à ce repas intermédiaire que
chaque peuple de l'Europe, et peut-être chaque
ville de France, désigne d'un nom particulier.

Pendant que mon neveu procédait tranquillement à son goûter, assis au fond du magasin contre
la fontaine de cristal, moi je me tenais debout à
l'intérieur contre les vitres, et je regardais le boulevard.

Il faisait une de ces pluies fines et pénétrantes
à laquelle ni parapluie ni vêtements ne sauraient
résister. Ce ne sont plus alors des gouttes qui
tombent d'un nuage, c'est l'air lui-même qui
semble se fondre en eau. Vous êtes enveloppé et
imprégné d'humidité ; la terre se détrempe, le
pied glisse ; votre parapluie vous défend si mal
contre ce déluge invisible, que vous finissez quelquefois par le fermer

Ce temps-là durait depuis le matin ; voilà pourquoi, bien qu'il fût trois heures de l'après-midi,
il passait peu de monde à ce coin si fréquenté
d'ordinaire. Si le moindre petit rayon de soleil
était revenu à l'horizon, le trottoir aurait repris
sa fourmilière. Pour le moment, les passants se
succédaient par intervalles.

Cette espèce de solitude ne faisait pas l'affaire d'un distributeur de prospectus, posté précisément devant la vitre par laquelle je regardais.

Le pauvre homme avait beau porter par-dessus ses vêtements un ample paletot de caoutchouc, serré à la taille et soigneusement boutonné par-devant; il avait beau enfoncer jusqu'aux oreilles une casquette de toile cirée à visière, il n'en était pas moins mouillé de la tête aux pieds. En vain il se réfugiait le plus près possible des maisons : les enseignes des magasins, ni les saillies des balcons ne pouvaient le défendre contre cette poussière humide, et, malgré ses mitaines de laine verte, coupées aux pouces et au milieu des doigts, on voyait ses mains rouges et glacées qui tremblaient en vous présentant le papier.

III

Le malheureux avait hâte d'en finir avec sa besogne.

Lorsqu'il fait beau, le distributeur n'a que l'embarras du choix dans le torrent de la foule qui passe ; il ne reste là que le temps nécessaire pour

tirer et pour remettre, sans interruption ni délai,
chacune des petites feuilles de son paquet. Ce
jour-là, il lui fallait attendre ; et de plus, ceux
qui défilaient devant lui étaient loin d'être de
bonne humeur et de faire le même accueil à son
imprimé.

C'est qu'en effet, par un temps de pluie, il
n'est pas toujours commode de circuler dans
Paris. C'est alors une affaire pour une dame de
se mettre en mouvement et de traverser un boulevard : elle est obligée, quand elle se remue,
d'opérer avec l'ampleur et la difficulté de ses
vêtements, un déménagement complet, d'exécuter une véritable manœuvre pour monter ou descendre, entrer ou sortir, ouvrir ou fermer un parapluie.

Je faisais précisément cette réflexion en regardant une jeune femme qui abordait le trottoir après avoir traversé, non sans péril, le milieu de la chaussée. Elle tenait de la main gauche
son manchon et son parapluie : le manchon par
le bord et par sa doublure de satin rose, le parapluie presque par le milieu et la pointe en avant,
afin de résister au vent qui la prenait par le travers. A chaque instant la tige glissait entre ses
gants humides et échappait à ses doigts fatigués.
De sa main droite, elle ramassait sa robe de

moire antique et ses jupons brodés, s'efforçant
avec un geste plein de grâce de dérober ce flot de
draperies aux atteintes de la boue, en même
temps qu'aux tourbillons de l'ouragan, sans ex-
poser aux regards autre chose que les bottines
noires qui défendaient ses bas blancs.

Au moment où elle touchait le trottoir en face
de Frascati, et ralentissait son pas précipité par la
terreur des voitures, le distributeur de prospectus lui tendit, de toute la longueur de son
bras, le petit papier blanc.

Ce petit papier, que j'ai gardé et que je copie,
commençait ainsi :

RÉVOLUTION DANS L'ART DENTAIRE.

Rateliers à base élastico-vulcanico-incorrup-
tible : Soulagement de l'humanité !

C'est être ennemi de soi-même, c'est se con-
damner volontairement à souffrir que d'employer
toutes autres dents que les miennes.

. . . .

A. B.

Il y en avait une page entière et son revers sur
le même ton.

L'adresse de l'artiste était imprimée en gros
caractères sur les deux côtés, à chacun des quatre

coins. Ce bienfaiteur de l'humanité habitait un quatrième étage sur le boulevard.

La dame au parapluie jeta les yeux tour à tour sur le papier qu'on lui tendait et sur la casquette cirée du distributeur : son regard était plein de prières et de détresse.

Comment saisir ce papier, puisqu'elle avait les deux mains embarrassées? Elle ne pouvait lâcher ni sa robe ni son parapluie.

L'homme au prospectus ne quitta pas sa proie ; et, comme la dame faisait mine de passer outre, il lui mit presque devant la figure sa mitaine verte et son prospectus mouillé.

L'infortunée jeune femme s'arrêta court : elle prit son parti, laissa aller sur la boue du trottoir les plis artistement relevés de ses vêtements, ces plis qu'avant de sortir elle avait arrangés avec soin pour les renfermer aisément dans sa petite main. Elle accepta le papier, et, se serrant contre le magasin, elle recommença ses dispositions pour se remettre en marche, sans se permettre toutefois de lâcher le programme de l'arracheur de dents.

« Voilà une femme, me disais-je, que ses meilleurs amis doivent opprimer sans y prendre garde. Je suis sûr qu'elle doit être, dans sa famille, la victime universelle. Dire qu'elle n'a pas osé passer outre, et qu'il a suffi à cet homme de lui présenter une seconde fois son prospectus pour l'arrêter ! Cette personne-là doit user sa vie à se créer et à remplir des obligations chiméri-ques. »

En ce moment, mon neveu Joseph s'approcha de moi, sa tarte aux cerises à la main ; il se mit aussi à regarder machinalement à travers les vi-tres.

« Mon oncle, me dit-il au bout d'un moment, à quoi pensent donc les personnes qui passent devant nous sur le boulevard ? »

IV

J'ai oublié de vous dire que mon neveu Jo-seph, ainsi du reste que tous les neveux aimés de leurs oncles, me paraît avoir une intelligence qui commence à devenir supérieure. Il suit les cours de septième au lycée Louis-le-Grand, et j'espère bien qu'il en deviendra l'honneur comme il en est déjà l'espérance.

« Mon oncle, à quoi pensent donc les per-

sonnes qui passent devant nous sur le boulevard ? »

Cette parole de mon neveu me jeta dans des
réflexions profondes.

En effet, c'est bien là le problème qui domine
toute l'humanité et toute la vie. A quoi pense cet
homme qui m'aborde avec les dehors de la politesse ou de l'amitié ? A quoi pense cette femme qui
me présente la main avec un sourire ? A quoi pense
ce supérieur qui me ménage ou ce subalterne qui
me flatte ? Celui qui serait capable de répondre à
de telles questions tiendrait l'âme d'autrui dans
sa main.

Toutefois il fallait dire quelque chose. En thèse
générale, il ne convient pas qu'un oncle soit embarrassé et qu'il se trouve pris au dépourvu par
une demande de son neveu.

Je répondis :

« Mon ami, il n'est pas facile de te dire tout
ce qu'ils pensent. Peut-être est-il plus aisé de deviner leur caractère. Chacun de nous s'imagine
réussir aisément à cacher ses défauts, et échapper
ainsi aux remarques de son prochain ; mais, sans
le vouloir, on éclate et on se trahit. Regarde : je
vais te montrer le fond de leur âme.

« Vois-tu d'abord ce monsieur qui arrive, les
deux mains dans les poches de son grand paletot

gris et un cigare à la bouche? Remarque avec quel soin il s'est enveloppé le cou de cet immense cache-nez blanc ; vois-tu comme les bouts de son écharpe rentrent à droite et à gauche, et sont tendus par les revers de son vêtement boutonné dans toute sa longueur? Le distributeur s'approche de lui : regarde de quel air il le reçoit, et comme il le toise du haut en bas. Vois-tu ce mouvement d'épaules et comme il passe outre en le couvrant de fumée? Lui! sortir les mains de son paletot où elles ont chaud, où il leur a accommodé un lit au fond de ses poches! Allons donc! Il n'a que faire de prospectus! Et dans sa colère, le voilà qui, sans y penser, tire sa main droite du sanctuaire. C'est pour ôter un moment son cigare de sa bouche et pour en secouer la cendre. Il profite de l'occasion pour mâchonner quelques paroles entre ses dents. Dieu te préserve, mon enfant, d'avoir à faire la connaissance de cet homme ou de ses pareils. C'est là ce qu'on appelle un égoïste. Mais tu n'auras que trop l'occasion d'en rencontrer : car, tu peux m'en croire, il est loin d'être dans le monde l'unique échantillon de son espèce.

« Après le monsieur au paletot, vois-tu ce commis de nouveautés qui porte au cou une cravate longue, quadrillée de jaune et de noir comme un damier, avec un fer à cheval véritable, en guise d'épingle ou de broche? Cet homme-là, mon ami, ne peut pas se figurer que tout le monde ne le regarde pas. Le vois-tu qui prend le petit papier, puis qui le jette deux pas plus loin? Ce jeune homme est un bon garçon qui ne serait pas plus sot qu'un autre s'il voulait renoncer à être prétentieux; il commence ses actions comme tout le monde, et ne les finit comme personne, parce que, dans l'intervalle, il se souvient de poser. Il prenait ce prospectus comme chacun aurait pu le faire, et s'est hâté de le laisser tomber, parce qu'il lui a semblé, fort mal à propos, qu'il serait plus distingué d'agir ainsi.

« Voilà une petite bonne qui tend la main avec bien de l'empressement; elle n'a pas encore reçu le papier, qu'elle s'arrête à quatre pas de là pour en prendre lecture. Toutefois, du coin de cette vitre, je distingue très-bien, avec mon lorgnon, qu'elle tient le papier à l'envers et qu'elle fait semblant de le lire. Aussi étais-je bien étonné qu'elle y prît tant d'intérêt. Elle n'est pas fâchée de constater aux yeux des voisines qu'elle sait lire. On l'a vu arrêtée avec son papier : cela lui suffit.

« Regarde maintenant ce monsieur qui passait le nez en l'air et sans distinguer le papier qu'on lui a tenu un bon moment devant la figure. Il

faut que, sans avoir précisément vu, il ait eu
conscience de quelque chose. Le voilà qui revient
sur ses pas, et qui tire par le bras le distributeur
surpris de ce zèle et de ce remords. On lui donne
le papier et tu le vois, au milieu du boulevard,
immobile et lisant ces sottises avec le même
acharnement que s'il les trouvait dans son journal. Si cet homme était mieux vêtu ou plus âgé,
je te dirais que c'est un riche flâneur ou un négociant retiré des affaires; mais il porte le costume d'un ouvrier ou d'un commis; justement
il a un paquet sous le bras gauche. Ce n'est donc
point du tout un monsieur qui n'a rien de mieux
à faire qu'à mettre à profit les aises de la vie;
c'est tout simplement un paresseux qui perd son
temps. Pour peu que d'ici à la porte Saint-Martin
ou au Château-d'Eau il revienne encore trois ou
quatre fois sur ses pas et qu'il s'arrête une minute ou deux, comme il le fait en ce moment,
voilà un homme qui sera tout étonné d'arriver
en retard.

« Regarde sauter ce petit enfant à qui le distributeur vient de remettre un de ses program-
mes ; il lui est peut-être arrivé dix fois de tendre
la main inutilement depuis qu'il suit le boulevard. Les autres distributeurs ont craint de
perdre ainsi un de leurs prospectus. L'homme

que nous avons devant nous est plus intelligent ;
il a compris que le petit papier serait précieuse-
ment conservé, qu'on le mettrait dans la boîte
aux jouets, et qu'un jour ou l'autre il finirait
par tomber sous les yeux du papa ou de la maman. C'est ce qui ne manquera pas d'arriver.
En attendant, remarque avec quelle précaution
et quel amour le petit bonhomme le porte ; c'est
pour lui un trophée et une victoire. Le voilà dans
la catégorie des grandes personnes; on l'a traité
comme le valet de chambre à qui il donne la
main. Il y a beaucoup d'hommes à cheveux gris
qui ressemblent à ce petit garçon, et qui se pas-
sionnent, eux aussi, pour des distinctions et des
succès dignes de prendre place à côté de cet enthousiasme enfantin.

« Voici une jolie petite demoiselle de treize ou
quatorze ans qui marche en avant de deux
dames : elle prend à son tour le prospectus qu'on
vient de lui offrir. Avant d'y jeter les yeux, elle
ne manque point de se retourner et de le montrer à ces dames. Il y en a une qui lui sourit.
C'est sa mère, mon ami; il n'y a qu'une mère
pour sourire ainsi à son enfant. On lui permet de
le garder et de le lire. Cette petite fille me paraît
donner là un bien bon exemple à certains enfants
qui ouvrent au hasard les journaux et les livres,

7

et qui ne sauraient apercevoir la première lettre d'une ligne imprimée sans avoir envie d'aller jusqu'au bout de la page. Ces jeunes messieurs devraient bien s'informer un peu auprès de leurs parents. Tout ce qui est imprimé n'est pas parole d'Évangile; et comme on ne les laisse point parler à tout le monde dans la rue, ils ne devraient pas lier imprudemment conversation avec tous les auteurs qui traînent sur les tables. »

V

Moi. — « Que vient-on de jeter contre notre vitre? »

Mon neveu. — « Mon oncle, c'est ce monsieur qui porte une grosse canne. Il a pris le prospectus en levant les épaules; il s'est mis à en faire une petite boulette toute ronde; et, avec ses deux doigts, il l'a lancée de notre côté. Le voilà qui rit de tout son cœur en nous regardant. »

Moi. — « Ce monsieur est assez mal élevé, mon cher Joseph. Il n'est guère plus convenable de lancer une boulette de papier dans la rue, au

risque d'attraper quelqu'un, que de s'envoyer à
table de petites pelotes de mie de pain, sous prétexte de faire une plaisanterie. »

En ce moment, un très-beau coupé s'arrêtait
en face de Frascati : il en descendit deux messieurs attirés sans doute par la réputation des
petits pâtés aux huîtres d'Ostende. Ces messieurs
avaient souri peut-être, en passant devant le
Gymnase, à la vue des gamins qui se font un
bonheur d'y manger leurs deux sous de galette.
Pour eux, ils venaient de faire un kilomètre ou
deux avec leur voiture et leurs deux chevaux,
afin d'aboutir à ces pâtés d'huîtres. Effectivement,
on ne les trouve point ailleurs.

L'homme aux prospectus se trouvait au milieu du trottoir et sur leur chemin. Il se hâta
d'appuyer à gauche pour les laisser passer;
mais il n'osa point leur offrir le programme du
dentiste.

En se reculant il heurta un officier, qui prenait
cependant la précaution de s'annoncer à dix pas
de distance par le bruit de ses éperons traînant
sur le bitume. Il faisait tourner sous sa mous-
tache un de ces gros cigares d'Alger, aussi mauvais à fumer que respectables à voir.

Le capitaine poussa rudement cet obstacle
qu'il trouvait en travers de sa ligne droite, grom-

mela entre ses dents, et, au lieu de prendre le papier que dans son trouble lui tendait d'une main craintive le distributeur effaré, il lui promena un regard majestueux des pieds à la tête, et, plus lentement, de la tête aux pieds.

« Mon oncle, il n'a pas l'air bien commode, cet officier, » murmura discrètement mon neveu.

« Et cette dame? » lui répliquai-je.

Celle-là tenait avec sa crinoline une bonne moitié du boulevard; elle était âgée et portait la tête comme une enseigne. Elle repoussa le prospectus avec un geste si fier et si écrasant, que le distributeur, malgré sa longue habitude des rebuffades, demeura un moment interdit.

Personne n'aime moins que moi la roideur et la dureté; cependant, s'il fallait passer à quelqu'un ces défauts-là, je les comprendrais plutôt chez les hommes à la condition de ne pas aller jusqu'à l'insolence. Mais lorsque, par hasard, il m'arrive de rencontrer une femme qui a l'air gendarme, aussi bien dans le plus grand monde que dans le plus petit, on ne se figure pas l'état dans lequel me jette cette violation de toutes les lois humaines. Je sens que je deviens méchant; et si la grosse dame au manteau vert avait glissé sur le trottoir, j'aurais été obligé de faire un effort sur moi-même pour me mettre à la relever.

Pendant ces réflexions, la pluie devenait plus marquée : trois ou quatre personnes, les unes à la suite des autres, prirent leur prospectus avec un air de mauvaise humeur prononcée, et, le laissant aller sur-le-champ, l'abandonnèrent à l'orage qui l'emporta à travers le boulevard. Le pauvre distributeur n'osait plus en donner à personne. C'était un homme consciencieux et qui craignait de ne pas s'acquitter suffisamment de son devoir. Il regardait d'un œil triste ces petits papiers blancs que le vent ramenait et faisait tourbillonner autour de lui.

Je ne disais plus rien à mon neveu, mais je pensais aux destinées de cette vie : ces petits papiers me paraissaient semblables à tant de rêves, de projets, de résolutions qu'on a conçus ou formés. Puis, quand l'âge arrive, et qu'on a vécu un peu plus longtemps, on les voit qui tourbillonnent dans vos souvenirs : les espérances sont devenues des chimères; le bonheur, des souvenirs; et parfois peut-être les actions de notre jeunesse, les regrets ou les remords de notre âge mûr. Heureux qui n'a pas attaché sa vie à ces ambitions ou à ces rêveries faites pour passer!

Heureux qui peut se rendre ce noble témoignage que le temps n'a rien emporté de sa force ni de sa vertu !

VI

Je me disposais à partir avec mon neveu, et déjà je cherchais du regard l'omnibus qui devait nous reconduire.

Je vis arriver alors, du côté de la rue Richelieu, le vieux marquis d'Alfredy, son parapluie à la main.

Il y a bien des années déjà que le marquis est membre de l'Institut de France ; aux séances publiques de l'Académie, il s'adosse ordinairement contre le second pilier à la gauche du bureau. Il ne vient guère à ces solennités sans revêtir l'habit brodé de vert, sur lequel se détache le ruban et la croix de commandeur de la Légion d'honneur.

Je me hâtai de prononcer à mon neveu le nom de cet homme célèbre, et nous le regardions venir tous les deux.

Le distributeur lui tendit comme aux autres son petit carré de papier imprimé.

Le marquis l'accepta avec bonne grâce, il prit
même la peine de regarder le pauvre homme
qui le lui offrait, et de lui faire une toute petite
inclination de tête. Le distributeur fut si charmé
de cet air indulgent et affable, qu'il laissa échapper sans y prendre garde, un « Merci, Monsieur ! »
qui amena un vrai sourire sur les lèvres du
marquis.

M. d'Alfredy conserva le papier à la main,
sans le lire et sans le jeter. Un peu plus loin,
il le parcourut rapidement du regard, et nous
l'avions perdu de vue qu'il le conservait encore.

« Que va-t-il en faire, mon oncle ? » me demanda Joseph.

— « Je pense, mon ami, que M. le marquis
d'Alfredy n'a pas besoin de se faire arracher ou
remettre des dents à bon marché, et qu'il va se
débarrasser de cette réclame. »

— « Mais, mon oncle, pourquoi le tient-il encore à la main ? »

— « Crois-tu, mon ami, qu'il soit bien aimable
pour cet homme de se voir rejeter au nez les prospectus qu'il vient de vous offrir ? »

— « Non, mon oncle. »

— « Eh bien ! mon ami, M. d'Alfredy, tout
marquis, tout académicien, tout commandeur de
la Légion d'honneur qu'il est, a songé, n'en

doute pas, à ménager la susceptibilité de ce pauvre homme. De tous les gens que nous avons vu passer, M. d'Alfredy est, sans aucun doute, le plus occupé, le plus élevé, le plus considérable; il est le seul qui ait trouvé le loisir d'être aimable, même avec un distributeur de prospectus. Voilà pourquoi, plus encore que par ses ouvrages ou ses titres, M. d'Alfredy est ce que l'on appelle un homme supérieur. »

En sortant de chez Frascati, mon neveu présenta la main pour recevoir un programme. Le distributeur le regarda d'un air un peu maussade, et, par-dessus sa tête, me tendit le papier à moi-même. Je le pris et le donnai à Joseph, qui le plia en quatre et le mit dans la poche de son gilet.

J'espère que mon neveu n'oubliera pas tout à fait cette petite séance de philosophie expérimentale.

LA LITTÉRATURE DE RENCONTRE

ÉTUDE DE MŒURS.

I

Il y avait, à la fin du siècle dernier, derrière l'église actuelle de Montrouge, un vaste parc et un château. Montrouge était alors un pays différent de Paris ; on ne s'y rendait point, comme aujourd'hui, en omnibus.

Il faut compter le château dont je parle au nombre des victimes de la Révolution. Il a disparu, et le terrain, mis en vente par lots, s'est distribué entre les mains d'un certain nombre de propriétaires.

Depuis l'annexion de la banlieue, les maisons s'y multiplient ; les petits jardins, espacés jadis de distance en distance, finissent par se rencontrer et par se donner la main : les trottoirs s'alignent, le gaz s'allume, les chaussées se pavent. Encore quelques années, et cette solitude qui se peuple peu à peu deviendra un des nouveaux quartiers de Paris.

Comme j'errais un peu au hasard dans ces rues nouvellement percées, le long de ces petites maisons blanches tout fraichement construites, je me trouvai tout d'un coup en face d'un étalage bizarre.

Dans une vaste cour, entourée de trois côtés par des murailles à hauteur d'appui et terminées au fond par une maison de deux étages, on avait tendu des cordes parallèles, mais en si grand nombre qu'elles laissaient à peine entre elles l'intervalle de la main. Elles supportaient, dans toute leur longueur, des feuilles de papier blanc. Ces feuilles étaient pliées en deux et placées soigneusement à cheval, bout à bout sur la corde. Il y en avait, sans contredit, plusieurs milliers.

En m'approchant, je reconnus que ces feuilles étaient imprimées : c'étaient des pages de livres. Elle étaient mouillées, et probablement elles avaient été suspendues là pour y sécher.

Un ouvrier à moitié courbé se promenait par-dessous ; de temps en temps il décrochait une feuille, qu'il mettait sous son bras dans un gros paquet. Il avait grand soin d'y promener la main pour s'assurer que le papier n'était plus humide.

Je ne me crois pas plus curieux que personne pour être entré dans cette maison et pour m'être informé de l'industrie qu'on y pratiquait.

II

« Monsieur, me dit le patron, homme à chapeau gris et à lunettes (quelque maître d'études sur le retour), Monsieur, si vous avez jamais mis les pieds au Temple, je n'ai pas besoin de répondre à votre question.

« Vous savez que les vieux habits, les vieux meubles, tout ce qui a servi déjà, tout ce qui peut servir encore, avec ou sans une préparation nouvelle, tout ce qui peut se vendre ou s'acheter, s'y apporte et s'y étale dans de petites échoppes. Ici, Monsieur, c'est le Temple des livres. Tel que vous me voyez, je suis en train de faire une fortune. J'opère, en ce moment, une révolution dans la littérature de rencontre.

« Vous avez, Monsieur, suivi comme un autre les quais de la Seine, depuis la rue de la Harpe et le pont Saint-Michel jusqu'à la caserne du quai d'Orsay. Comme un autre, vous avez fait connaissance avec ces caisses de livres qu'on expose sur les parapets. Il vous est arrivé, sans doute, d'en tirer quelques-uns de leur case pour en vérifier la condition avant d'en faire l'achat. Le marchand a beau les tenir propres, les défendre le mieux qu'il peut des injures des saisons, les abriter contre cette poussière qui s'incruste et s'incorpore comme une lèpre à la couverture : il est certain que les livres de rencontre sentent le moisi. Ils ont perdu cette bonne odeur d'imprimerie toute fraîche, qui rappelle à un homme de lettres la saveur d'un repas bien apprêté et bien servi. Ils ont pris je ne sais quel aspect sombre et grisâtre, semblable à la physionomie d'un homme qui aurait la jaunisse. Enfin ils sont vieux, et je les trouve laids comme un octogénaire qui ne ferait point de toilette. »

En achevant cette tirade, le marchand s'approcha d'une encoignure ; il prit, dans une grande balle d'osier, un volume au hasard et le déposa comme pièce de conviction sur la table qui se trouvait devant nous. Il était difficile d'apporter à sa thèse un argument plus décisif. C'était un livre broché, revêtu d'un papier vert-pomme. Sur le dos, le vert avait pâli et avait tourné au bleu : les alternatives de chaleur et d'humidité par lesquelles il avait passé avaient fait éclater en longues crevasses la mince enveloppe : on apercevait la ficelle et le dos blanc des cahiers brochés ; la tranche était devenue noire, le bord des pages avait jauni, tandis que le milieu en était resté blanc. Son aspect était à la fois étrange et piteux. Il faut quelque courage, je le reconnais, pour aborder et pour mener à sa fin la lecture d'un livre aussi peu engageant : il est permis, je crois, sans qu'on vous accuse de trop d'exigence et de trop de délicatesse, d'y souhaiter un peu moins de malpropreté.

Le marchand ouvrit alors une petite bibliothèque ; il en tira un volume du même format, mais entièrement neuf. La couverture et la tranche en étaient fraîches, les pages d'une blancheur immaculée ; l'impression s'y détachait vigoureusement ; l'œil se sentait attiré et retenu. Vous auriez eu de la peine à détourner vos regards de ces lignes, pour le seul plaisir qu'elles faisaient aux yeux.

« Voilà cependant, reprit mon interlocuteur, le même ouvrage, imprimé la même année, chez le même libraire et sur le même papier. Vous avez sous les yeux deux exemplaires de l'édition. Seulement l'un des deux se montre à vous dans toute la décadence de son âge avancé ; l'autre a été rajeuni et ressuscité par votre serviteur. »

Le marchand, que j'aime mieux appeler par son nom, M. Peillat, m'expliqua alors en quoi consistait son industrie. Il parcourait les ventes ; il y acquérait par ballots et par charretées les vieux livres brochés, restes antiques d'éditions malheureuses, parfois même l'édition tout entière de quelque œuvre mort-née, que l'auteur aurait mieux fait de distribuer gratis dans sa nouveauté. Je vous laisse à penser dans quel état lamentable pouvaient se trouver, après quinze ou vingt ans de magasin , ces ouvrages malmenés du libraire et relégués le plus souvent par lui dans quelque recoin obscur et dédaigné de ses dépôts. De pareils bouquins ne se ramassent ordinairement que pour être mis au pilon. Les marchands de vieux livres l'ont remarqué ; il arrive rarement qu'à un étalage le regard du passant ou la main de l'acheteur s'arrête sur un volume par trop repoussant. Sous ce rapport-là, nous sommes tous un peu bibliophiles , et nous ne saurions nous dire indifférents à l'aspect du livre que nous ouvrons.

M. Peillat remettait chaque volume en feuilles en le débrochant avec soin ; il soumettait chacune de ces feuilles à un lessivage chimique, dont lui seul opérait le mélange et connaissait le secret. Ce lessivage n'était ni long ni compliqué, comme celui qu'emploient d'ordinaire les bouquinistes de profession lorsqu'il s'agit d'enlever à quelque bel exemplaire une tache ou une maculature qui le déshonore. Le procédé de M. Peillat était à la fois expéditif et peu coûteux ; son eau emportait tout et ne respectait que l'encre de l'imprimerie. Bien loin d'attaquer les caractères, je crois qu'elle les ravivait. Elle leur ôtait cet aspect jaunâtre qui témoigne si hautement de leur décrépitude ; elle leur rendait les teintes vigoureuses d'une édition qui sort des presses.

« Je ne pense pas, me dit le marchand, que vous ayez envie de me faire concurrence : je ne vois donc pas d'inconvénient à vous avouer que mon commerce est fort lucratif. Les plus gros volumes ne me reviennent guère, l'un dans l'autre, qu'à un sou ; les frais de manipulation n'ajoutent pas cinq autres centimes au prix d'achat. Je ne crois pas qu'il y ait chez moi un seul exemplaire qui me coûte plus de dix ou douze centimes. Je me suis souvent passé la fantaisie de rapporter sur la table de l'hôtel des ventes, ces éditions qu'on m'avait adjugées dans toute leur misère et dans tout leur délabrement ; elles y ont presque toujours trouvé acquéreur à des prix fort honnêtes, quelquefois même élevés, principalement les éditions qui comptent un grand nombre de volumes. Force gens achètent volontiers un ouvrage en soixante ou quatre-vingts tomes tout pareils, qui font bonne figure et qui garnissent sans plus d'embarras un rayon entier de leur bibliothèque. Qu'une main curieuse s'avise de les ouvrir, on ne va pas éplucher la date de l'édition ni le nom du libraire ; mes volumes sont aussi neufs au dedans qu'au dehors. D'ailleurs nous pratiquons aussi de petits subterfuges. Nous avons la ressource des faux titres. Je fais recomposer et réimprimer, dans le même format et sur le même papier, cette première page qui est l'acte de naissance du livre. J'y mets hardiment l'année où nous sommes et le titre pompeux de *nouvelle édition*. Lorsque je rassemble les feuillets pour les brocher, je substitue ce titre nouveau au titre ancien, et le tour est joué. Je ne fais en cela qu'imiter l'exemple de mes confrères les plus renommés. Tout le monde sait qu'aujourd'hui un ouvrage tiré à quinze cents exemplaires devient un ouvrage tiré à quinze éditions : on les numérote par rang, et le bon public s'ébahit des succès de l'auteur. »

Je ne crois pas nécessaire de protester ici contre l'assertion de M. Peillat. Il exagérait beaucoup. Je ne sache pas qu'on ait attribué encore moins de trois cents exemplaires à chacune de ces prétendues éditions. Peut-être était-il mieux informé que moi.

III

« Nous avons encore, reprit-il, les écrivains *in partibus.* »

J'ouvris de grands yeux.

« Oui, reprit M. Peillat, les écrivains *in partibus*, c'est-à-dire ceux qui trouvent moyen de devenir auteurs sans écrire, sans imprimer, sans publier.

— Parbleu, interrompis-je, le procédé est nouveau! il vaut la peine d'être connu. La gloire a des douceurs à nulles autres pareilles. Auriez-vous trouvé le secret de faire aussi la lessive des esprits?

— Monsieur, vous pouvez vous moquer de moi tant qu'il vous plaira; mais quand j'aurai l'honneur de vous être mieux connu, vous verrez que je parle toujours sérieusement. Vous êtes auteur, Monsieur, et vous êtes jeune. Je vous souhaite de tout mon cœur de ne jamais passer par mes mains. »

Je tressaillis et je me tus. M. Peillat venait de rencontrer, sans le savoir, un des mots les plus lugubres du bourreau Samson à l'un des grands seigneurs de l'ancienne cour. Ils s'en souvinrent tous deux à leur rencontre sur l'échafaud. M. Peillat reconnut à mon silence que j'étais vaincu, et il continua :

« C'est un bizarre métier, Monsieur, que le métier de faiseur de livres. Les auteurs se trouvent bien punis par où ils ont péché. Leur premier besoin n'est pas de faire parler d'eux. C'est, d'abord et avant tout, de se faire lire. Croyez bien qu'il n'est pas facile d'en venir à bout. Le public consent encore à apprendre votre nom ; au besoin il aura des jugements tout faits sur vos imperfections ou vos mérites ; il causera de vous et de vos écrits, sans en avoir déchiffré la première ligne, ou seulement tenu dans les mains un exemplaire. Apprenez-le, Monsieur : le critique qui a rendu compte de votre œuvre est le premier de ceux qui ne vous ont pas lu.

« Il m'est arrivé d'acheter des éditions tirées à des mille et à des quinze cents exemplaires, sur lesquels il n'y en avait pas vingt qui manquassent à l'appel. Les imprimeurs ont coutume d'en livrer toujours quelques-uns au delà du chiffre convenu. Ceux-là, nous les appelons les exemplaires *de passe*. C'étaient les seuls qui eussent disparu, et encore parce qu'ils avaient été donnés.

« Maintenant, supposez que sur le nouveau titre destiné aux volumes rajeunis, on mette, avec la fausse date, le nom d'un faux auteur, et voilà un homme devenu tout d'un coup écrivain sans avoir écrit.

« Jadis, on prenait la peine de chercher dans les mansardes quelque jeune homme de talent, quelque auteur famélique auquel, pour sauver les apparences, on proposait, l'argent à la main, une collaboration imaginaire, ou bien à qui on achetait brutalement son manuscrit pour le publier sous son propre nom. Il fallait une certaine fortune pour jouer de ces tours-là au public ; de plus, on en était toujours à craindre quelque réclamation du père à qui on avait ainsi enlevé son enfant. Le nouveau procédé par le lessivage est plus à la portée d'un chacun ; il n'y faut que peu d'avances de fonds, et les pauvres diables d'auteurs inconnus ne reviendront pas de l'autre monde réclamer la gloire de leurs œuvres rebaptisées.

« Veuillez remarquer, Monsieur, que je m'abstiens complétement de juger ces inventions. Je ne soutiens même pas qu'elles soient de la dernière délicatesse. Toutefois, il est certain que le plagiat, réservé jadis à la fortune du grand seigneur, se démocratise. C'est un des signes de notre temps. Les plumes de paon sont maintenant à bon marché, et si je vous ouvrais ce placard, vous y trouveriez la collection complète des auteurs qui ne le sont pas.

« Mais je n'ouvre pas le placard, ajouta avec un sourire narquois le digne bouquiniste. Je me contente de les tenir en prison, sans les faire monter sur l'échafaud. »

J'espère bien que M. Peillat ne se départira jamais de cette discrétion. Le placard était grand : s'il était plein, il y avait de la place pour beaucoup de coupables.

IV

« Montons au premier étage, reprit le marchand. Je veux vous faire faire connaissance avec une autre variété de la littérature de rencontre : la littérature *sur clichés.* »

J'expliquerai ici en quelques mots à mes lecteurs ce que c'est qu'un cliché.

Qu'ils ouvrent au hasard un livre où se trouve une gravure sur bois.

Les traits du dessin, les clairs et les ombres

sont produits sur le papier au moyen de ce que l'on appelle *une planche*.

Cette planche est gravée sur bois avec un burin.

Les gravures sur bois sont très-coûteuses à faire et très-promptes à se détériorer. La même planche ne saurait donner les milliers d'exemplaires auxquels se vend un journal illustré. Alors on la *cliche*.

Au moyen de procédés qui ne sont pas toujours les mêmes, on s'arrange pour obtenir une planche en métal qui reproduit exactement les reliefs et les creux de la planche en bois. Le métal résiste à l'action des presses et de l'encre ; il est aussi fidèle et plus solide que le bois. Comme il est facile de clicher plusieurs fois la même gravure, on peut, presque pour rien, reproduire et conserver indéfiniment, dans toute sa correction et sa beauté, le dessin que l'artiste avait d'abord exécuté sur le bois.

Lorsqu'un ouvrage le comporte, on *l'illustre*. On introduit, de page en page, des gravures qui commentent et qui égayent le texte. Ces images, bien entendu, se rapportent directement aux histoires que l'auteur raconte. Elles nous en montrent les personnages, elles en reproduisent les principaux épisodes, elles nous font faire connaissance à la fois avec les lieux et les acteurs. L'imagination du lecteur se trouve aidée, l'impression qu'on reçoit et qu'on garde devient plus vive et plus agréable.

Ces gravures sont invariablement clichées. Après la publication de l'ouvrage pour lequel elles ont été dessinées, les éditeurs ont l'habitude de revendre à bas prix ces clichés un peu fatigués, mais capables encore de servir.

L'industrie de M. Peillat consistait précisément à faire emplette de ces clichés. Il les emmagasinait par milliers dans de vastes entrepôts, situés à Paris, rue de la Harpe. Il n'avait à Montrouge que des *épreuves*, c'est-à-dire les images obtenues au moyen de ces clichés. Ces échantillons lui suffisaient pour les faire choisir et pour les vendre : il effectuait ensuite la livraison des clichés à son dépôt central de Paris.

V

Les gravures de M. Peillat étaient rangées par collection, autour de l'appartement du premier, dans de grands cartables verts.

Chacun de ces cartables portait un titre différent.

Je reproduirai quelques-uns de ces titres :

Romans à habits noirs ;
 — *à armures ;*
 — *moyen âge ;*
 — *régence ;*
 — *à voleurs, etc.*

Sur d'autres cartons on lisait :

Assassinats ;
Empoisonnements ;
Pendaisons ;
Naufrages ;
Scènes de reconnaissance,
 — *d'indignation ;*
 — *de joie.*

J'en passe.

M. Peillat me présenta un vieux fauteuil de crin, pour me mettre à même de l'écouter plus commodément.

« Avant moi, me dit-il d'un ton doctoral et comme un homme qui s'embarque dans une démonstration, avant moi les auteurs s'y prenaient mal. Figurez-vous, Monsieur, qu'ils commençaient par écrire leur livre : roman de mœurs, de fantaisie, histoire de cape et d'épée ; puis, leur manuscrit achevé, ils venaient me trouver. Nous en étions réduits à chercher ensemble dans ces cartons, des gravures pour illustrer leur œuvre ; il fallait avoir présent tout le volume pour ne point commettre d'anachronisme. Vous ne pouvez pas vous imaginer quel embarras nous avions. Au premier mot que l'auteur laissait échapper sur l'héroïne, vite un portrait de jeune fille brune, fière, hardie, le front haut, le regard provoquant. Nous trouvions notre affaire. Mais voilà que, dans le chapitre suivant il était question de sa longue chevelure bouclée, et notre image était coiffée en bandeaux : il fallait changer la gravure ou le texte. Or, vous n'êtes pas sans savoir qu'il est plus facile d'arracher l'âme à un auteur que de le faire renoncer à deux lignes de sa prose. Les mêmes désagréments recommençaient à chaque instant. Ici, c'était un enlèvement dont le carrosse n'avait que deux chevaux, lorsque le texte en portait quatre ; là, un coup de poignard donné à l'épaule droite quand il le fallait dans le dos. Détestable système, comme vous voyez, d'assortir ainsi des gravures à un texte exigeant, méticuleux, où tout est décrit avec une minutie d'inventaire. Ma parole d'honneur, c'était à y renoncer!

« Monsieur, il m'est venu une idée prodigieuse : pourquoi ne pas écrire des romans pour mes clichés, au lieu de se mettre en quête de gravures pour des romans tout faits? Les auteurs n'avaient qu'à y gagner. Au lieu de se fatiguer la cervelle à inventer perpétuellement, au lieu d'avoir à faire sortir de leur esprit le costume des acteurs, en même temps que leur caractère et leurs gestes, n'était-il pas plus simple d'avoir sous les yeux des dessins tout faits et d'en donner tant bien que mal une explication suivie? Quelle économie de temps et d'idées! C'était un trait de génie : je venais d'inventer la production littéraire à jet continu.

« Aujourd'hui, Monsieur, ma découverte a fait fortune : tout mon malheur est de n'avoir pas pu prendre de brevet.

« Les fournisseurs patentés des grands journaux ne suivent pas d'autre méthode et n'emploient pas d'autre procédé. C'est ainsi qu'on n'a plus besoin aujourd'hui, pour écrire, ni de penser ni de savoir, et que toute réflexion, toute suite, toute préparation sont devenues inutiles, incommodes même; c'est ainsi que nos auteurs les plus féconds et les plus goûtés prennent des valets de chambre pour tout faire, et les dressent à devenir leurs collaborateurs.

« N'ayez pas l'air incrédule : c'est le propre des inventions les plus rares d'être niées par ceux qui ne les connaissent pas ; mais on ne peut pas contester le mouvement à celui qui marche. Tenez, je vais vous faire un roman séance tenante, sans aucune intervention de l'esprit et par la seule force de mon mécanisme.

« Voici comment je procède : je mets la main dans le cartable des *habits noirs* ; c'est le roman du grand monde contemporain. Vous voyez l'image que j'ai ramenée : elle représente une jeune femme en grande toilette, étendue au coin de sa cheminée. Voulez-vous de la *copie* à un franc la ligne ?

« — Par un soir d'hiver, une jeune femme était étendue dans un fauteuil auprès de son feu.

« — Elle portait une robe ouverte par devant ; trois volants de dentelle cachaient à demi ses pieds mignons ; une mantille...

« La description du costume va d'elle-même ; il n'y a qu'à ouvrir les yeux.

« — Sur sa cheminée s'étalait une pendule représentant...

« Description de la pendule, des candélabres, de la glace, des rideaux.

« Tout y est, vous le voyez.

« —Près d'elle, une petite table, sur laquelle...

« Description de la table et des objets qu'elle supporte. Il y en a un certain nombre.

« Enfin, Monsieur, vous distinguez sur l'image le domestique à la porte avec sa livrée, le canapé, les tableaux, le tapis. Je suis modéré en ne mettant pour tout cela qu'un seul et unique chapitre.

« Ici il faudrait inventer, ce qui est un peu dur, j'en conviens. Mais enfin, je suppose qu'on aille jusqu'à imaginer un incident comme celui-ci.

« — On sonna.

« — C'était le comte.

« Alors je mets la main dans le compartiment aux Messieurs.

« J'amène, comme vous le voyez, un jeune homme d'une tenue irréprochable ; il a dans la main droite un stick, et dans la gauche un lorgnon. Son pantalon, ses bottes, ses gants, sa physionomie, cela suffirait amplement pour le second chapitre.

« Vous me demandez ce qui va se passer ?

« Je n'en sais rien ; je dis plus : je n'ai pas besoin de le savoir.

« Voici le compartiment des rencontres.

« Voyez ces numéros : 2, 3, 4.

« Ce sont les rencontres à deux, à trois, à quatre personnages.

« Il nous faut une rencontre à deux personnages.

« La voici.

« L'action commence : elle est indiquée par le
geste...

— Grâce, monsieur Peillat! m'écriai-je, aba-
sourdi par ce flux de paroles. Je n'ai qu'un regret : c'est de ne pas travailler dans le roman;
j'apprendrais beaucoup à votre école.

— Je le crois, reprit M. Peillat sans fausse modestie, ou, pour mieux dire, sans modestie d'aucune espèce. J'ai dégrossi de jeunes auteurs qui
me doivent beaucoup. Vous comprenez qu'un as-
semblage intelligent des clichés est le véritable
point de départ d'un livre bien fait. Il y a ici
tel assortiment qui suffirait à lui seul pour re-
monter la fortune d'un journal ou assurer la vo-
gue d'une revue.

— Je n'en doute point, M. Peillat. » S'il faut
dire la vérité, cette démonstration triomphante
m'avait tellement troublé, que je me sentais honteux de croire encore, au dedans de moi, à ce que
nous avions la bonhomie d'appeler jadis l'art d'é-
crire et de composer.

VI

En ce moment un coup timide se fit entendre à la porte de l'appartement où nous nous trouvions.

C'était un jeune auteur qui venait se pourvoir d'inspirations.

Sa physionomie prévenait en sa faveur ; il avait le regard vif et intelligent. En abordant M. Peillat, il balbutia quelques paroles à demi-voix.

« Parlez haut, reprit le marchand, Monsieur est de mes amis. Je n'ai pas de secret pour lui. »

Je m'inclinai : M. Peillat avait eu évidemment l'intention de dire quelque chose d'aimable pour moi.

Le jeune homme, que M. Peillat appelait familièrement M. Isidore, eut quelque peine à se décider.

Il nous expliqua, avec force détours et circonlocutions, qu'il s'était chargé d'écrire un roman immoral et qu'il lui fallait des gravures assorties, quelque chose qui n'allât pas sans doute jusqu'à l'interdiction et à la police correctionnelle, mais qui vînt en aide au piquant du texte et laissât voir au moins une partie de ce que sa plume achèverait.

« Vous faites là un triste métier, Monsieur Isidore, reprit le digne M. Peillat, vous aviez mieux commencé.

— Hélas! Monsieur Peillat, reprit le jeune homme, à qui le dites-vous? Mais ma femme est enceinte de son second enfant, et je suis déjà père d'une petite fille. Ce qu'il y a de plus triste pour moi, c'est que l'éditeur veut absolument que je signe. Il prétend qu'un livre un peu émoustillant perd de son prix lorsqu'il est anonyme. Il n'a pas même consenti à un faux nom, sous prétexte que j'avais déjà écrit. Le rouge me monte au front lorsque je pense au jour où, malgré moi, ma fille se trouvera exposée à ouvrir le livre de son père. Ce jour-là, Monsieur, je serai bien puni.

— N'aviez-vous pas essayé de la littérature honnête? reprit M. Peillat.

— Oui Monsieur, c'est par là que j'ai commencé. Il m'a fallu y renoncer. D'abord, cette littérature est moins payée que l'autre, parce qu'elle a moins de débouchés. Puis, vous ne vous figurez pas combien elle est plus difficile. Quand on s'adresse à la passion, tout est bon pour elle; et, comme le disait Sganarelle dans

le *Don Juan*, elle ne trouve rien de trop chaud
ni de trop froid. Au contraire, qnand il faut
écrire un livre qui intéresse les papas sans choquer les mamans et sans faire rêver les demoiselles, c'est toute une entreprise. Il faut une
prudence, une fermeté, une habitude de la vie
et du style qne je n'ai pas. Le public n'a pas tous
les torts : les romans honnêtes sont, la plupart
du temps, aussi ennuyeux que mal faits. Il se
rejette alors sur des lectures moins innocentes ;
il en cherche, il en demande. Nous n'avons pas
à nous reprocher des goûts que nous nous con-
tentons de servir.

— Monsieur Isidore, voulez-vous un bon conseil? reprit M. Peillat. J'ai un de mes cousins
marchand de drap, rue Saint-Denis ; il a besoin
d'un commis aux écritures. Cette place fera votre
affaire ; vous y mangerez du pain honnêtement
gagné. Vous êtes encore à temps de ne pas mettre le pied dans cette boue. Une fois que vous y
aurez fait votre premier pas, vous en aurez jusqu'à la fin de votre vie.

« Si vous étiez, mon cher Monsieur Isidore,
comme tant d'autres jeunes gens qui m'ont passé
par les mains, sans talent, sans cœur, sans vertu,
sans rien de ce qui fait un homme, je ne vous fe-
rais pas d'observation. Vous consumeriez votre

vie à attaquer, à bafouer, à flétrir ce que le genre humain honore. Toutes ces injures et toutes ces bassesses ne vous coûteraient rien; elles vous viendraient de source et ne vous laisseraient pas de remords. Vous feriez de mauvais livres naturellement et simplement, parce que vous seriez bête et méchant.

« Mais quand je vois un homme de quelque valeur, un écrivain d'une vraie intelligence, entreprendre ce métier-là, pour faire violence à son cœur et à son esprit, pour y prostituer la délicatesse de son âme, pour attaquer la famille et le mariage avec sa femme auprès de lui et son enfant sur ses genoux, je ne puis m'empêcher de lui prendre la main comme à vous, Monsieur Isidore, et de lui crier : Arrêtez-vous. On n'est pas obligé, pour gagner sa vie, d'écrire des livres plutôt que de scier des planches. Ne vendez pas ainsi votre considération; et quoi qu'on vous offre, rappelez-vous, mon ami, qu'il n'y a pas d'homme sur la terre assez riche pour vous payer l'honneur de votre nom. »

M. Peillat changea de ton tout d'un coup, et je vis reparaître le marchand.

« Monsieur Isidore, je ne *tiens* pas le cliché immoral. Il vous faut aller pour vous en procurer à l'adresse que je vais vous donner. »

Singulier personnage, me disais-je à moi-même, qui s'efforce de vous détourner du mal, et qui finit par vous donner les moyens de le commettre.

M. Isidore parut faire un violent effort sur lui-même.

« Donnez-moi plutôt l'adresse de votre cousin le marchand de drap, et une recommandation pour cette place de commis. »

A ce dénoûment inattendu, je me levai de mon fauteuil ; je présentai la main à M. Isidore.

« Permettez-moi, Monsieur, lui dis-je, de vous féliciter de votre résolution. Croyez-moi : vendez votre travail et vos services, mais gardez votre âme pour vous. »

M. Isidore a consacré ses loisirs de marchand de drap à écrire un livre charmant pour sa petite fille, qui commence à grandir. « C'est ma meilleure œuvre, me dit-il quelquefois. Mais aussi comme elle m'est payée ! Ma femme et mon enfant me la remboursent en sourires et en bonheur. »

LE SERIN DE MON GRAND-PÈRE

(HISTORIQUE.)

———————

Mon grand-père Marcel Férié était négociant à Lyon pendant la grande Révolution.

Il n'est personne qui ne connaisse les péripéties terribles du siége que cette ville eut à soutenir, et les épouvantables représailles qu'exercèrent contre elle les proconsuls de la République.

Au milieu des malheurs dont l'histoire garde le souvenir disparaissent parfois des épisodes pleins d'intérêt qu'il appartient à la chronique de recueillir, des légendes pieuses que se transmettent les familles et que la mère raconte à ses enfants.

Mon grand-père était riche et considéré; il vendait des ornements d'église et occupait deux ou trois cents ouvriers. Ce sont là assurément des raisons suffisantes pour faire couper la tête à un homme dans les temps de révolution.

Toutefois, il était si bon, si aimé, que parmi les trois cents hommes qu'il employait, il ne s'en trouva pas un seul pour lui en vouloir et pour le dénoncer ; chacun d'eux avait pris l'habitude de le considérer comme un père. Il m'est arrivé dans ma jeunesse de voir fondre en larmes une vieille brodeuse, en apprenant que j'étais son petit-fils et en retrouvant sur mon front et dans mon regard quelques traces de sa physionomie.

Marcel Férié, plus d'une année avant le siége, avait pris un jour fantaisie de marchander une paire de galoches à la semelle de bois, chaussure rustique si heureusement remplacée aujourd'hui par le caoutchouc, mais qui à cette époque était presque un luxe auprès des sabots.

Mon grand-père était riche, mais économe : il marchanda ; le prix qu'on lui demanda n'était pas raisonnable ; en effet le marchand se hâta de rabattre ses prétentions des trois quarts.

Mais il doit y avoir une limite à l'habitude de surfaire ; du moins mon grand-père le pensait ainsi, et jugeant l'occasion opportune pour donner au marchand la leçon qu'il méritait, il remit les galoches à leur place et passa son chemin. Depuis

ce temps le marchand lui avait gardé une sourde
rancune.

Chaque matin, Marcel Férié passait devant
cette boutique pour aller faire sa promenade
quotidienne sur le pont Morand ; l'hiver particulièrement, il se réjouissait d'y humer le brouillard, et prétendait que les brouillards sont favo-
rables à la santé. C'était, comme on le voit, une
véritable opinion de Lyonnais.

Le marchand de galoches apprit un beau jour
que la Convention était maîtresse de la ville et
que l'heure de la vengeance avait sonné.

Il suffisait de se présenter à la maison commune et de dénoncer un homme pour le voir
arrêter le même jour et guillotiner le lendemain.
Marcel Férié fut donc dénoncé comme aristocrate.

C'était un aristocrate en effet que cet homme
aux grandes manières, avec son habit brodé
tabac d'Espagne, ses fines manchettes de dentelle, son haut jonc à pomme d'or, qui s'en allait
fièrement par la rue Mercière, son chapeau sous
le bras, saluant de la main ceux qu'il rencontrait,
respecté comme un gentilhomme et aussi connu
par la ville que les comtes d'Albon ou de Saint-
Jean.

Par bonheur, les ouvriers de mon grand-père

étaient tous dans les grandeurs et dignités.
A la table du conseil de la maison commune
siégeaient à la fois le perruquier qui le poudrait,
le valet qui frottait son escalier, le palefrenier
qui lavait les pieds de ses chevaux : digne re-
présentation de la puissance du jour.

Les gens qui avaient approché mon grand-père
et qui par conséquent le chérissaient, accueil-
lirent avec les plus chaudes apparences du pa-
triotisme la dénonciation du savetier ; mais ils se
hâtèrent d'en donner connaissance à M. Férié.
Ils l'avertirent de l'heure à laquelle se ferait la
perquisition domiciliaire et lui suggérèrent toutes
les mesures à prendre pour se dérober à leurs
propres poursuites.

Le malheur est qu'en pareil cas, on voit dans
ces moments de trouble où la boue du fond monte
à la surface de la société, on voit sortir de la
fange des rues, des prisons brisées, des bagnes
ouverts, une foule sans nom et sans origine, partout présente et partout inattendue ; c'est celle-là
qui jette des injures aux victimes et qui profane
les cadavres au pied des échafauds.

Aux approches de la nuit, une multitude inac-
coutumée encombrait les paisibles abords de la
rue Stella : la maison de Marcel Férié était oc-
cupée militairement.

Ma grand'mère se présenta paisiblement sur le seuil ; elle ouvrit à cette multitude en haillons, avec le même sang-froid qu'elle eût pu mettre à recevoir chez elle la visite de son cousin le comte d'Aranda, grand d'Espagne : car la femme de Marcel Férié était par sa mère d'origine castillane; elle réunissait dans sa personne la vivacité des Espagnoles à la placidité allemande des Lyonnaises.

Le plafond du cabinet de mon grand-père contenait une cachette assez vaste : une échelle à ressort dissimulée sous la forme de rayons à mettre la musique, permettait d'y atteindre et de s'y réfugier en peu d'instants. Il y avait déjà trouvé un abri sûr, lorsque, introduits par ma grand'mère, les estafiers de la République inondèrent le vestibule.

Mon grand-père échappa facilement à des poursuites mollement dirigées; et, quelques heures après, il rentrait dans la chambre de sa femme, causant avec elle des mesures à prendre pour quitter Lyon le lendemain, gagner sa terre de Bourgogne et laisser passer loin de sa ville natale ce que l'on croyait l'orage du moment.

Quant à quitter la France, mon grand-père n'y avait point pensé. J'ai eu trois oncles fusillés après le siége pour avoir, comme médecins, donné des soins aux *aristocrates*. Personne dans ma famille n'a mis le pied hors du sol qui l'avait nourri.

A une heure du matin, les cours se remplissent de nouveau ; de nouveau les crosses de fusils retentissent ; des lueurs sinistres arrivent jusqu'aux appartements. Les domestiques se lèvent tout épouvantés ; la porte qui donne sur le grand escalier s'ouvre avec fracas. Le marchand de galoches, au milieu du trouble de la première visite, en avait gardé la clef à dessein. Dès le premier moment il était debout lui-même au milieu du vestibule, et nul ne pouvait plus faire un mouvement sans qu'il s'en aperçût.

Cette fois, Marcel Férié était perdu. Voici pourquoi.

Ce vestibule coupait en deux toute la maison.

Pour aller de la partie droite à la partie gauche il fallait absolument le traverser ; il n'y avait pas d'autre moyen de communication.

La chambre de ma grand'mère était à gauche au fond de la salle à manger.

Le cabinet de mon grand'père, à droite, au fond d'une bibliothèque.

Il résultait de cette disposition que pour se rendre de la chambre de sa femme où il était, au cabinet qui l'avait dérobé une première fois aux recherches, Marcel Férié aurait eu à tra-

verser, de gauche à droite, toute la largeur du vestibule. Pour comble de malheur, mon grand-père
avait donné ordre de le laisser éclairé pendant la
nuit; il avait même apporté tout récemment de
Paris une de ces lumières à la flamme concentrée
et régulière qui faisaient l'admiration de nos bons
aïeux, et que la reconnaissance publique a bapti-
sées du nom célèbre désormais de leur inventeur,
Quinquet ; il ne fallait pas songer à passer sous le
regard du marchand de galoches à la lueur des
rayons qui miroitaient sur le parquet.

A peine entré, il s'était hâté de placer lui-
même une sentinelle à chacune des portes tout
le long de la galerie; la perquisition allait recommencer chambre par chambre à partir
de l'entrée, avec les mêmes précautions qu'on
avait prises à l'autre visite.

Le premier mouvement de Marcel Férié avait
été de se livrer ; il voulait épargner à sa famille
l'inutile angoisse de l'attente et aller au-devant
d'un dénoûment, hélas! trop prévu : déjà il
serrait sa femme sur son cœur dans une longue
étreinte; déjà il faisait un pas pour marcher à la
rencontre de ses bourreaux, lorsque ma grand'-
mère l'arrête d'un geste, lui montre le crucifix
devant lequel tant de fois ils avaient fait ensemble
leur prière du soir, porte un doigt à ses lèvres, et,

avec cette confiance qu'inspire un désespoir réfugié en Dieu, quitte sa chambre d'un pas ferme, enveloppée de cette mante de soie qui la recouvre encore dans son bien-aimé portrait.

Elle pensait, la noble femme, qu'il n'est point permis de devancer, ne fût-ce que d'un instant, le moment où tout sera fini ; que ce n'est point à nous de nous faire les juges de notre désespoir ; que le devoir est de lutter jusqu'au bout ; qu'après le secours des hommes vient le secours de Dieu, et qu'à lui seul il appartient de sauver encore celui-là même qui semble perdu. Qu'allait-il arriver ? Elle n'en savait rien. Qu'allait-elle faire ? Elle s'en rapportait à Dieu. Rester dans sa chambre c'était y appeler les assassins ; sortir, aller au-devant d'eux, c'était retarder encore le moment fatal... Elle marcha d'un pas ferme du côté du vestibule.

Qui peut dire ce qui se passa dans l'âme solitaire de celui qu'elle laissait derrière elle ? Sentir sa jeune femme, la compagne de sa vie, la mère de ses enfants, celle qu'il avait juré de protéger et de défendre, seule au milieu de cette tourbe ivre de passions et de sang, et tout près de lui, là, à quelques pas plus loin, de l'autre côté de ce même vestibule, un asile sûr, invisible, qui l'avait déjà sauvé et qu'il ne pouvait atteindre ! Tantôt il se reprochait amèrement son imprudence, tantôt il s'approchait de la fenêtre, et malgré la hauteur il apercevait, perdue dans l'ombre de la rue, une foule inquiète et acharnée dont les frémissements arrivaient jusqu'à lui; tantôt il maniait avec une sorte de frénésie concentrée deux pistolets de combat, présent d'un Vénitien qui lui en avait fait don à la dernière foire de Beaucaire ; mais le canon en était vide, et d'ailleurs le meurtre d'un homme l'aurait-il sauvé ? Enfin son âme se recueillit ; il ferma les yeux, il pria, et dans cette chambre où l'on ne voyait plus qu'un homme à genoux, régnait ce calme effrayant qui est le précurseur des orages de la vie comme des tempêtes de la nature.

En pénétrant dans le vestibule par la salle à manger, ma grand'mère en laissa négligemment la porte ouverte comme s'il n'eût pas valu la peine de la fermer : elle porta vivement la main à ses yeux en apercevant la flamme des torches ; on aurait dit une femme endormie dont une lueur trop vive et trop soudaine offenserait la vue ; puis, s'adressant au marchand de galoches d'une voix indifférente et légèrement ironique : « Par où plairait-il au citoyen de recommencer sa visite ? Je croyais qu'il se serait rendu plus de justice, et qu'il s'en serait rapporté à ses propres yeux. »

Un silence universel avait accueilli l'entrée de ma grand'mère ; ses paroles furent suivies d'un murmure d'approbation à peine contenu. On a beau être patriote, on n'en est pas moins homme et l'on aime à dormir ; il était d'ailleurs bien temps de se coucher pour des gens auxquels Antoine, le sommelier de la maison, n'avait pas épargné quelques heures auparavant les liqueurs des Iles et les vins de toutes les Espagnes. La foule paraissait honteuse de son obstination ; elle flottait indécise entre la crainte d'une déception et le désir d'une revanche.

Le marchand de galoches leva tous les doutes, et mit fin à toutes les incertitudes en prononçant d'une voix rude les mots décisifs de « En avant, marche! » D'un coup de crosse de fusil il poussa violemment la porte de la cuisine, qui se trouvait à l'entrée du vestibule.

Quelques patriotes commencèrent à fouiller les placards, retrouvant partout la trace de leurs premiers coups de baïonnettes et jusqu'à cette odeur de vin et de tabac qu'ils avaient laissée après eux; le plus grand nombre, installés sur la banquette de l'antichambre, regardaient faire et paraissaient décidés à rester simples spectateurs de la perquisition ; d'autres occupaient leurs loisirs à allumer en forme de passe-temps les candélabres

de la galerie qu'on avait coutume de laisser gar-
nis ; bientôt elle se trouva illuminée d'un bout à
l'autre comme pour une fête. Le populaire s'é-
merveillait à contempler la flamme des bougies
consumant lentement leurs mèches : la bougie
alors ne se voyait guère qu'à l'église ; d'autres
enfin se rapprochaient de l'escalier et se sentaient
plus disposés à visiter de nouveau la cave que tout
autre lieu de la maison.

Vers le milieu du vestibule, entre deux bustes,
sur un rayon garni de velours, reposait une cage
en bois d'ébène ; elle contenait un petit oiseau
d'une race fort rare encore et dont le gazouillement joyeux égaye aujourd'hui la plus humble
mansarde, un serin de la plus belle espèce. Au
bruit des pas, il avait sorti tout doucement sa tête
de dessous son aile, et d'un air inquiet et effaré
il suivait de son petit œil endormi ces gens qui
allaient, qui venaient sans lui dire un mot d'a-
mitié et sans prendre garde à sa présence. C'était
le favori de toute la maison, qui l'aimait à cause
de Madame. Ma grand'mère l'avait reçu d'un ouvrier dont le fils l'avait rapporté des Iles, et avait
fait lui-même son éducation. Madame Férié avait
pris en pitié et en affection cette pauvre petite
bête effarouchée ; c'est à peine si depuis quelques
semaines qu'elle le possédait, elle l'avait entendu

risquer quelque gazouillement ; mais l'ouvrier l'avait assurée qu'il chantait à merveille, qu'il savait même des airs entiers, et qu'il ne manquerait pas de les lui faire entendre dès qu'il serait un peu habitué à son changement de domicile.

Remis de sa première émotion, tout réjoui de la clarté du vestibule, le serin se mit à prêter l'oreille à un des patriotes qui sifflotait entre ses dents le fameux air que vous savez :

> Ah! ça ira, ça ira, ça ira,
> Les aristocrates à la lanterne,
> Ah? ça ira, ça ira, ça ira,
> Les aristocrates on les pendra.

A peine le fonctionnaire de la République avait-il remis sa pipe entre ses dents, qu'on entendit tout d'un coup, chantant à en remplir le vestibule et lançant les notes à plein gosier, le serin répéter l'air de la chanson patriote avec une verve, un entrain, un *brio* à faire pâmer d'aise les habitués de la place des Terreaux (1).

Puis quand il a fini, le voilà qui se met à recommencer, et à recommencer encoré, sifflant, répétant, variant le *ça ira* de mille manières, tantôt haut, tantôt bas, tantôt lentement et comme

---

(1) C'est sur la place des Terreaux que se faisaient à Lyon les exécutions capitales pendant la Révolution.

pour en savourer la mélodie, tantôt avec feu et comme pour en marquer la passion.

Les sans-culottes battaient des mains.

Pour le serin, il n'était ni étonné ni enorgueilli de son triomphe, et entre chaque reprise il faisait entendre en sautillant quelques-uns de ces petits cris provoquants qui ressemblent à une conversation de coquette.

« Bah ! fit un des patriotes les plus endormis, on ne me fera jamais croire que le citoyen Férié soit aussi aristocrate qu'on le dit : les aristocrates n'apprennent pas à leurs oiseaux les airs de la République. »

Ma grand'mère fit semblant de ne pas entendre ; elle priait Dieu au fond de son cœur.

« Eh ! citoyen, tu peux continuer ta perquisition tout seul ; je m'en vas me coucher. »

Et il tourna le dos au marchand de galoches ; celui-ci voulut parler.

Mais le serin venait de recommencer son ramage.

Il n'y eut qu'un geste pour imposer silence à l'interrupteur.

Là-dessus celui qui avait parlé décrocha la cage de son clou doré.

« Il faut l'emporter à la Commune. »

Et il partit.

La perquisition en resta là ; on n'entra pas même dans la salle à manger, dont la porte était demeurée ouverte.

Le marchand de galoches partit le dernier.

Voilà comment mon grand-père fut sauvé par un serin.

Le pauvre oiseau paya pour son maître ; il mourut de faim, oublié dans un des coins de l'hôtel de ville.

Ma grand'mère crut reconnaître, sous les traits de celui qui proposa de partir, un ancien ouvrier congédié pour vol par son mari. Mon grand-père, qui avait été forcé de le renvoyer, ayant appris qu'il était tombé malade, lui faisait passer le pain de chaque jour par les mains de sa femme.

Peu s'en fallut que le miracle de ce salut accordé par Dieu aux prières saintes de ma grand'-mère ne devînt inutile, et que Marcel Férié ne pérît sur l'échafaud.

Quelques jours après, au moment où il quittait Lyon pour se réfugier à la campagne, il fut saisi, conduit à l'hôtel de ville, et il n'en devait sortir le lendemain que pour marcher à la mort.

Le même ouvrier le sauva encore. Il était greffier du terrible Couthon, et en cette qualité chargé de l'appel des condamnés.

Le veille de l'exécution, il arracha du livre des écrous la page des F.

Mon grand-père resta en prison le lendemain, et au bout de la semaine on le mit rudement à la porte : il était censé guillotiné.

Vous trouverez encore dans les archives de l'hôtel de ville de Lyon le registre des écrous dont une page manque. Sans le savoir, bien des familles dont le nom commence par la même lettre ont dû à mon grand-père d'avoir conservé leur aïeul.

SECONDE PARTIE

VOYAGES

VOYAGE D'UNE SEMAINE

EN NORMANDIE

Paris, lundi de Pâques, 9 avril 1860.

Je quitte Paris et je pars pour la Normandie.
Depuis longtemps j'ai entendu parler de ce pays;
depuis longtemps j'ai envie de le connaître. Je
m'étais toujours promis à moi-même un voyage
en France. Nous qui faisons si volontiers tant de
chemin loin de notre patrie, pour visiter des pays
qui ne la valent pas, nous ressemblons à ces gens
qui empruntent des livres et qui n'ouvrent pas
seulement les portes de leur bibliothèque. « On
ne lit guère, dit Charles Nodier, que les livres em-
pruntés; » de même nous ne visitons guère que
les pays étrangers.

Le ciel est beau, la nature joyeuse; un soleil
éclatant attire au dehors les fraîches toilettes.
Paris est tout en fête; il me semble bon de le

fuir un peu. Il y a dans son luxe quelque chose d'insolent et de pénible. Vendredi dernier j'étais à Longchamps; ma vue s'y embarrassait dans les carrosses dorés et les domestiques à cheval. Je me demandais combien de fortunes, parmi tant d'étalage, étaient bien véritablement capables de supporter sans fléchir le poids de ce luxe et de cette prodigalité. Dans beaucoup de magasins on reconnaît les gens très-riches à cette circonstance inévitable qu'ils marchandent plus que les autres : c'est un des signes de notre temps.

Dans la rue Saint-Honoré, je vois la foule qui se ramasse à la porte des confiseurs; je n'avais jamais pris garde qu'il y en eût tant. On s'attroupe pour contempler derrière les larges vitres les oiseaux les plus magnifiques, accroupis sur des paniers élégants où reposent les œufs de Pâques traditionnels. « Chacun sait, faisait mettre l'autre semaine dans le journal un célèbre marchand de jouets, chacun sait que parmi les gens qui savent vivre, les fêtes de Pâques sont désormais acceptées comme un second jour de l'an. » De bon compte, c'est le troisième de l'année, car on n'ignore pas qu'il est du dernier bon goût d'anticiper sur les étrennes et d'offrir aux enfants leur arbre de Noël. Il en résulte cette consé-quence inévitable : c'est que pour cette petite jeunesse si gâtée, le véritable usage d'un jouet consiste à le regarder pendant quelques heures. Voilà dans son enfance le peuple qu'on accusera plus tard d'être frivole et léger.

Dans une devanture de magasin, j'aperçois une petite figure de vieillard à cheval : des œufs débordent de ses poches entr'ouvertes ; une besace de filet posée en écharpe sur ses épaules permet d'apercevoir qu'il en est chargé par devant et par derrière. Comment ce vilain petit bonhomme est-il appelé à remplacer la poule traditionnelle? Le marchand a pris soin de me l'apprendre : une inscription en sucre porte ces mots : *le grand-père Pâques !* Derrière sa vitre se tient debout l'ingénieux confiseur, tout rayonnant de ma surprise. Pauvres gens de Paris qui ont oublié et le carême et la semaine sainte! Vous ne savez donc pas, mon ami le confiseur, que jadis il était défendu de manger des œufs pendant le carême ; que nos dignes aïeux se faisaient une joie d'en revoir à Pâques ; que pour en célébrer plus dignement le retour, on s'appliquait à les revêtir des plus riches et des plus riantes couleurs? Vous ne savez donc pas qu'il n'y a jamais eu de *bonhomme Pâques*, si ce n'est dans votre médiocre imagination ; enfin, que le mot *pâques* signifie repas, cette cène terrestre qui devenait la promesse et

le gage du repas promis par le Christ à ses disciples dans l'éternité? — Voilà ce que j'aurais pu
lui dire; mais je me contentai de passer outre,
quoique j'eusse tout le temps de l'argumenter.

Je n'aime pas à être pressé lorsque je vais
prendre le chemin de fer. Un des grands médecins de Paris me racontait l'autre jour la désas-
treuse influence des voies ferrées sur l'état de la
santé publique : notre économie nerveuse en
souffre visiblement. Tous ces petits commerçants,
ces humbles employés, ces subalternes que
l'heure appelle le matin et enchaîne le soir, ne
laissent pas pour la plupart d'aller passer la nuit
à la campagne. Les loyers sont si chers à Paris !
Aux approches du soir, vous les voyez qui tirent
leur montre, qui interrogent la pendule, qui
poursuivent d'une main fiévreuse la besogne commencée. S'ils partaient maintenant, ils auraient
tout loisir de gagner à pied l'embarcadère; s'ils
attendent un quart d'heure, il leur faudra
prendre l'omnibus de la Compagnie; si vingt ou
vingt-trois minutes, une voiture de place ; si l'aiguille atteint la demie, c'est fini, les voilà remis
au train suivant; c'est une heure de retard, et
qui sait encore si dans une heure ils seront li-
bres? Le lendemain matin, même opération en
sens inverse. Ce sont, j'imagine, les chemins de

fer qui nous ont fait aviser de porter la montre
dans la poche du gilet au lieu de la laisser tranquille comme jadis dans le gousset du pantalon.
Je me souviens encore de l'inimitable mouvement qu'avait mon grand-père lorsqu'il relevait
avec appareil ces longues breloques d'or et de
cornaline qui descendaient en cascade de dessous
son gilet moiré ; c'était alors presque une affaire
de tirer sa montre : aujourd'hui elle ne quitte pas
nos doigts. Cette nécessité d'arriver à l'heure, à
la minute, à la seconde, donne à notre civilisation quelque chose de l'allure d'un ouvrier à
la tâche; on ne trouve plus personne qui ait devant soi un instant à perdre. Cet inexorable besoin d'être toujours sur le qui-vive nous altère
vraiment le caractère. Je connais un ménage de
petits employés qui, l'année dernière, a vu re-
fleurir sa paix domestique en changeant de campagne. Dans cette banlieue jadis privilégiée, aujourd'hui engloutie par l'agrandissement de
Paris, il existait encore une espèce de *coucou*,
une voiture des temps primitifs; pour peu qu'on
y fût connu et habitué, on était sûr d'y être attendu. Le brave homme dont je parle s'était vu
ôter tout d'un coup un des cauchemars de sa vie,
cette heure du chemin de fer qui ressemble à
l'heure où l'on doit vous couper la tête si vous

étiez condamné à mort ; il était redevenu bon en redevenant tranquille. Je crains fort cette année de le retrouver sur une ligne de chemin de fer.

D'après ce système de temporisation, j'arrive à la gare du Havre fort en avance ; j'ai tout le temps d'assister au départ d'un autre train qui va je ne sais où. On me dit qu'il part d'ici je ne sais plus combien de convois toutes les vingt-quatre heures. J'ai l'agrément de contempler la déroute des cinq dernières minutes ; les cochers lancent leurs voitures haletantes jusque contre les solides marches de pierre ; on voit se précipiter par les deux portières à la fois des familles en désordre ; les pères saisissent par le milieu du corps leurs petits enfants qui crient ; les mamans et les jeunes filles gravissent d'un pas leste le long escalier ; des femmes âgées rassemblent leurs forces comme s'il s'agissait de monter à l'assaut d'une citadelle. Tout ce désordre ne me plaît pas : je trouve que nous manquons bien de dignité. Nous semblons prendre plaisir à nous créer des situations ridicules ; c'est une grande erreur. Nos mœurs et notre civilisation sont ainsi faites que l'odieux passe et que le ridicule reste : on oublie qu'un homme a été fripon, on le voit encore dans la situation et sous le costume où un jour il a eu le malheur de nous faire rire.

Malgré le soleil du printemps, il fait très-froid sous ces longues galeries voûtées ; un courant d'air siffle d'une porte à l'autre, de la rue d'Amsterdam à la place du Havre. Lorsque vous présentez vos bagages à l'enregistrement, vous vous sentez saisi d'une espèce de *mistral*. Je fuis ces parages dangereux dans la saison où nous sommes et après la course que j'ai faite ; je heurte du pied un petit berceau où repose une enfant de cinq ou six ans ; elle est protégée tant bien que mal contre l'ouragan qui me met en déroute par une planche d'emballage engagée entre le mur et les parois d'une bibliothèque. C'est une petite fille : la pauvre créature ramène d'une main amaigrie ses couvertures le long de son cou. Sa mère, qui me vend le *Journal des Chemins de fer*, me raconte que son enfant a le croup, qu'elle a failli mourir la veille ; il lui a fallu l'emporter avec elle pour la soigner. Je frémis, et je songe à l'esclavage antique. Je ne sais pas si beaucoup d'esclaves se sont trouvés dans une situation plus rude que cette pauvre mère. Il y aurait tout un travail à faire sur les esclaves de la civilisation moderne. Savez-vous bien que les cochers et les conducteurs d'omnibus, dans toute leur longue journée, n'ont jamais plus de dix minutes à eux ; ces dix minutes, seul intervalle qui sépare une course d'une autre, doivent leur suffire pour toutes les nécessités de la vie physique, comme le boire et le manger : car pour les besoins moraux et la plus courte possession de soi-même, il n'en est pas question. Je voyais l'autre jour un de ces cochers qui embrassait sa petite fille en regardant l'horloge de la place Saint-Sulpice. Pauvre homme ! l'heure allait sonner.

Midi et cinq minutes.

Je descends à Mantes, *Mantes la Jolie*. Je ne suis pas comme le paysan d'Athènes qui se fatiguait d'entendre appeler Aristide l'homme juste ; mais je suis bien aise de savoir si elle mérite ce nom gracieux. Je n'ai pas d'autre raison pour m'arrêter, mais cette raison-là me suffit. J'en ai une autre encore, c'est que mon itinéraire ne m'en dit mot. Je ne suis pas fâché de me dérober un peu à sa tyrannie. Je vous recommande au reste de ne pas faire comme moi, et de ne pas vous renseigner dans une malheureuse publication qu'on appelle la *France illustrée*. Tant pis pour elle de m'être tombée sous la main. J'y lis au chapitre de la Seine-Inférieure, la recommandation d'aller voir dans je ne sais plus quelle église un bas-relief ; il représente, dit le libretto, deux hommes que l'on voit entraîner au tombeau par deux cadavres *du marasme le plus consommé*. Textuel ! Cet échantillon de l'ouvrage me décourage du reste. J'aime mieux m'en aller au hasard que d'être exposé à une pareille prose au moment où je m'y attendrais le moins.

Je trouve à Mantes une église magnifique, inachevée, cela va sans dire, comme toutes les églises véritablement belles. Lorsque Victor Hugo écrivait çe vers fameux :

Quand donc finira-t-on le clocher de Strasbourg ?

il montrait, n'en déplaise à l'auteur de *Notre-Dame de Paris*, qu'il ne connaissait pas la raison de cette éternité interminable dans la construction des basiliques. Une église, pour le fidèle, n'est pas un de ces monuments qu'on entreprend, qu'on achève, et qui, à un certain moment, commence à lutter contre les atteintes du temps : c'est un être vivant et qui est fait pour durer autant que le culte qu'il abrite. De là cet usage touchant d'attacher aux grandes cathédrales des familles d'ouvriers chargées de veiller à l'entretien de ces œuvres bénies ; le jour où il y manquait un clou, le clou était remis comme la peau revient à la main qui s'est déchirée.

10

Les trois portes de l'église de Mantes sont d'iné-
gale grandeur. La plus petite est à gauche : le
porche du milieu est déjà plus élevé, le portail de
droite monte en flèche jusqu'au milieu de la tour.
Les archéologues vous expliqueront la date et la
pensée de ce style. Les hautes tours de droite et
de gauche sont coupées par le milieu, et, aux
parois interrompues des murailles, l'artiste a
substitué de petites colonnettes échafaudées l'une
sur l'autre; c'est sur cette frêle construction que
les deux flèches s'appuient pour prendre leur vol
vers le ciel. Seulement il ne faut pas entrer dans
cette église : l'œil y est saisi et effrayé d'un épou-
vantable badigeon. Un jour criard s'y précipite
par toutes les fenêtres ; au milieu de toute cette
lumière blanche, il n'y a pas un pauvre petit
point d'ombre. Toute cette clarté me fait l'effet
d'un grand bruit où il n'y aurait pas de silence;
ajoutez-y ce détail bizarre, que toutes les chaises
dressent, comme à Paris, de hauts prie-Dieu,
et que ces prie-Dieu, sans en excepter un seul,
ont tous, du haut en bas de l'église, leur appui
garni d'un épais et moelleux bourrelet de velours
cramoisi, comme on en peut voir sur le rebord extérieur du balcon de l'Opéra. Je me souviens involontairement du mot de Bossuet blâmant les prêtres complaisants *qui mettent des coussins sous*

les coudes des pêcheurs (1). Je ne sais si les fabriciens de Notre-Dame de Mantes ont suffisamment lu Bossuet ou s'ils ont eu à faire à quelque entrepreneur qui se trouvait avoir du velours de reste.

Je reprends le chemin de fer à deux heures, je traverse Rouen et toute la largeur de la Normandie. Je ne m'arrête qu'à Fécamp sur le bord de la mer. J'y suis venu pour voir les hautes falaises qui dominent la mer. Je veux comparer ces falaises de verdure aux fiers rochers des caps bretons, où j'ai tant de fois promené les méditations de ma jeunesse.

Huit heures et demie du soir.

Le chemin de fer de Fécamp s'en va jusqu'à la mer après avoir traversé insolemment toute la ville; il n'a pas même l'air de se douter qu'il puisse être utile aux habitants. C'est une des choses que je ne saurais aisément pardonner aux voies ferrées que le mépris du voyageur et leur préférence pour le colis. Il en résulte qu'après avoir franchi la dernière maison et s'être arrêté les pieds dans l'eau, pour ainsi dire, il faut reprendre l'omnibus et longer, pour revenir en arrière sur Fécamp, ce même chemin de fer qui vient de vous amener.

(1) *Oraison funèbre de Nicolas Cornet.*

Quant aux marchandises expédiées, elles parviennent bien et dûment à leur destination et elles n'ont plus qu'un pas à faire pour s'embarquer. Cet excès de pouvoir de la marchandise est d'autant plus intolérable que, malgré ses bassins, cette jolie petite ville de Fécamp n'est pas précisément ce qu'on appelle un port de commerce ; la mer y semble toujours en visite de politesse : elle n'y promène guère que des barques de pêcheurs ou de rares navires norwégiens et finlandais qui s'y transforment en de véritables événements. Fécamp ressemble à une jolie baigneuse assise au bord de l'eau. Je verrai demain le Havre, où l'on travaille pendant qu'elle se repose.

Fécamp, mardi de Pâques, 10 avril.
Huit heures du matin.

Il y a au milieu de la ville une jolie église qui porte le nom de l'*Abbaye*. Il ne reste debout du vieux monument que l'église elle-même ; mais il est facile de deviner la grandeur et la solennité des anciennes constructions à quelques plans d'architecture qui s'y accrochent dans toutes les directions. Je voyais se prolonger dans ma pensée de longs arceaux et des cloîtres imposants, et, comme je cherchais à me rendre compte des li-

mites de l'ancien monastère, je découvris une
charmante petite chapelle gothique assise sur la
rivière. Seulement il n'y faut pas entrer : car au
dedans on en a fait une maison et un moulin ; elle
est toute massacrée de planchers, de fenêtres et
d'appartements. Cet acte de vandalisme est inex-
cusable, car ce n'est pas la place qui manque à
Fécamp. Je me rends de l'abbaye à l'église Saint-
Étienne, et je traverse un marché immense, tout
peuplé de longues files de petites maisons ; elles
alignent les unes contre les autres leur haut rez-
de-chaussée surmonté d'un long bonnet pointu
d'ardoise. Comme elles n'ont pas d'étage au-dessus, elles ne ressemblent pas mal au faîte d'un château mansardé qu'on aurait coupé aux combles et
déposé par terre. Ce qui ajoute encore au pittoresque de la mise en scène, c'est que ces longues
lignes de cabanes prennent les unes par rapport
aux autres les directions les plus inattendues ;
chaque rangée se prolonge au hasard dans la
large enceinte des quatre murs bastionnés et des
vastes portes aux antiques créneaux. Au fond
s'ouvre un porche destiné à abriter jadis la statue
du saint dont on tenait la foire. Tout était vide,
et dans ce grand enclos on ne trouvait pas plus de
promeneurs ni d'acheteurs que parmi les tombes
d'un cimetière. Je traverse jusqu'à la place Saint-

Étienne, et un garçon épicier veut bien m'apprendre que ce marché moyen-âge ne sert que deux heures chaque samedi ; il paraît que ce jour-là il est de règle de faire ses provisions pour toute la semaine. Je trouve qu'un pareil marché, pour ne s'en servir que quatre fois le mois, c'est un véritable luxe. Je regrette de n'être encore qu'au mardi ; j'aurais aimé à voir vivre et se ranimer ce tableau de Téniers, auquel il ne manque que les personnages.

Je me demande, en suivant les rues, pourquoi les boutiques sont si peu profondes ; elles ressemblent à des placards ouverts sur la voie publique : en étendant votre bras de la porte, vous arrivez presque jusqu'au mur du fond. Cependant les maisons ne manquent point de profondeur ; on peut s'en convaincre en y jetant un regard par la porte principale ; elles ont presque toutes à l'intérieur un petit jardin plein de fraîcheur et de grâce. Les briques dont elles sont construites présentent, à la perspective, des lignes régulières et sombres qui tranchent avec la blancheur éclatante des lits de chaux où elles reposent. Quelques demeures plus anciennes et plus monumentales sont construites en pierre ; celles-là offrent des détails d'architecture pleins d'intérêts ; seulement, leurs propriétaires actuels, pour les rendre plus propres, ont imaginé de les déguiser à la moderne sous une couche de gris-perle. Une charmante maison moyen-âge avec sa tour à machicoulis de trois étages et ses deux ailes sculptées, ressemble à un gâteau monté de chez le confiseur. Cette épidémie du gris-perle me paraît avoir respecté bien peu d'antiques demeures à Fécamp.

Je n'ai remarqué dans l'église de Saint-Étienne qu'un très-beau bas-relief : un saint Martin en général romain tranche de son glaive doré l'ample manteau qu'il s'apprête à partager avec un pauvre. Le costume du pauvre est délicieux. J'ai vu rarement un plus joli spécimen d'un costume de truand. Je me fais un devoir d'indiquer aux réalistes ces culottes mal conservées, cette chaussure en débris, et surtout cette courte veste dans laquelle il fait si froid. Comme on sent que ce bas-relief a été sculpté dans le Nord et dans une église qui reçoit de face le vent le plus glacial de tout le pays ! Dans le Midi, ce pauvre se trouverait fort à l'aise. Inutile d'ajouter que saint Martin est monté sur un beau cheval normand. L'intelligente bête tourne la tête du côté du malheureux, comme s'il voulait partager la pitié de son maître et sa bonne action.

Les falaises de Fécamp sont très-hautes ; elles ne ressemblent en rien à ce lugubre cap des Trépassés, qui se dresse sur les côtes de la Bretagne. L'aspect de la Normandie perd à la comparaison avec le sombre pays de l'Armorique. Ces plaines éternelles ont quelque chose de décourageant; chaque maison s'y entoure d'une ceinture de hauts peupliers, afin de rompre un peu la force du vent lâché dans ces espaces sans fin. La ferme de Normandie mérite sa réputation comme tableau de genre; mais il y manque toujours des fonds et des premiers plans. Lorsqu'une pièce de terre fait un petit mouvement et que la campagne offre une ride, on dirait que le paysage se multiplie et s'achève. Les peintres le savent bien. On peut le dire en toute sincérité : au point de vue artistique, la plaine n'est pas tolérable; elle me fait l'effet de la médiocrité morale.

Neuf heures du matin.

Je quitte Fécamp pour me rendre au Havre. Je dois retrouver à Beuzeville la ligne principale de Paris; le chemin qui vous conduit à Fécamp n'est qu'un embranchement. J'apprends un quart d'heure avant la station de Grainville, par les joyeux propos de mes voisins, qu'un marché important se tient à Goderville, à quelques kilomètres

de là. Je m'informe auprès de ces gens en habits
de fête. Pourquoi n'irais-je pas voir ce tableau
populaire que je rencontre sur mon chemin ?
Les Normands de la campagne ne me font point
du tout l'effet auquel j'avais dû m'attendre sur
la foi des voyageurs. On les représente d'ordinaire comme un piquant mélange de finesse ca-
chée et de naïveté apparente : il n'est bruit que
de leur astuce consommée, et le langage français
en a conservé maint proverbe. Je ne sais pas si
le caractère des peuples change ou si je me suis
laissé prendre aux apparences ; le fait est, s'il en
est ainsi, que je suis bien complétement dupe de
mon illusion, et que je les regarde comme de
très-bonnes gens. Ils ont presque tous de grosses
figures réjouies ; de beaux enfants jouent autour
d'eux ; un air calme et satisfait, une aisance
honnête rayonne sur toute leur personne ; ils
n'ont point cette vanité bête de l'homme qui
s'exagère ou seulement qui s'apprécie, mais cette
joie paisible qui s'épanouit à l'intérieur et qui
arrive au dehors tempérée et non refroidie. Tout
bien considéré, j'abandonne mes bagages à leur
destinée ; je m'arrêterai sur mon chemin. Voici
Grainville ; j'y descends, et une petite voiture qui
attend les voyageurs m'entraîne sur le chemin de
Goderville..

Midi.

J'ai bien fait de ne pas me risquer à pied ;
quelle distance pour deux kilomètres dont on
m'avait parlé ! Mais la route est charmante, le
cheval rapide, le cocher se pique d'honneur ;
n'était l'extrême probabilité de verser dans
l'un des fossés qui bordent la route, je m'ac-
commoderais assez de cette course désordonnée à travers la verdure de la plaine. Voici Goderville.

Je ne crois pas qu'on puisse se faire une idée
plus exacte d'un pays qu'en se mêlant à des
groupes dans une fête publique. Je me laisse aller
au flux et au reflux de cette foule joyeuse, m'ar-
rêtant devant chaque marchand, errant de la
halle où l'on vend le grain à la place où s'étale
la bimbloterie. Au milieu des marchands et des
acheteurs s'ouvre au regard du passant une antique petite église au toit surbaissé et pointu : elle
ressemble à une maison un peu vaste. Je remarque que cette porte ouverte attire les prières ; il
est bien peu de gens qui passent là sans entrer
dire au moins un *Pater* et un *Ave*. Mais quoi !
l'église est si vieille qu'elle tombe en ruine ; il

va falloir la démolir un de ces jours. Les bons habitants de Goderville y ont pensé depuis longtemps : à l'autre extrémité de la place, un peu en retrait et sur une petite élévation de quelques marches, se dresse un beau monument byzantin : dans un mois, on en fera la bénédiction et la dédicace. Deux fabriciens en habits du dimanche demandent un sou au visiteur, pour aider la paroisse à achever l'édifice. Cette nouvelle église est charmante, rien n'y manque et tout y est de bon goût. Il arrive même ce que j'ai déjà observé ailleurs : c'est que, dans cette perspective resserrée les proportions ont été calculées avec tant d'art et de science architecturales que le monument s'agrandit au regard. Tenez-vous debout à la porte ; comme le vaisseau offre tous les mouvements et toutes les proportions des plus vastes cathédrales, que tous les rapports de grandeur ont été scrupuleusement gardés, vous n'avez aucun moyen d'être averti si l'église est grande ou petite. J'avais déjà remarqué ce phénomène dans un des couvents de Paris. Quand vous êtes adossé contre le pilier de la porte principale et que vous vous laissez aller quelque peu aux complaisances de l'illusion, vous demeurez saisi de la grandeur et de la majesté de l'ensemble ; cependant il n'y a pas beaucoup de pas du porche au sanctuaire.

— Je fus tiré de mon illusion par un tout petit bénitier qui s'offrait à la main ; sur-le-champ je mesurai tout le monument à ce point de comparaison, et je revis devant mes yeux une gracieuse mais humble église de campagne.

M. le curé regrettera peut-être plus tard de n'avoir pas fait bâtir la nouvelle église plus au milieu des maisons. C'est une idée toute neuve et fort contestable, que de vouloir appliquer aux monuments chrétiens cette règle élémentaire de l'architecture qui se préoccupe avant tout d'isoler un édifice. Cette loi peut être vraie partout, excepté en ce qui concerne les églises. Pour celles-là, elles ont besoin d'être au milieu de nous ; il faut que dans nos douleurs nous en rencontrions la porte avant celle de notre ami. Trouvez-moi donc une église des anciens temps véritablement isolée. Cela arrive si peu que nos pères, lorsqu'elles étaient entourées de quelque vieille rue étroite, accrochaient de petits magasins le long des parois sculptées et pendaient quelques enseignes d'artisans aux dernières corniches. J'aime, je l'avoue, cette association touchante du travail et de la prière.

Les masses d'hommes rassemblés ont une physionomie qui ne permet pas de se méprendre sur le caractère général d'un pays ; la foire de Goder-

ville me laissait voir, mieux que toutes les paroles
n'eussent pu me le raconter, la différence qui
existe entre la France du nord et la France du
midi. J'aperçus une halle entr'ouverte ; j'hésitais
à y mettre le pied, convaincu qu'il n'y avait personne et que l'heure de la vente n'était point encore venue. Cette halle était pleine cependant et
garnie jusqu'au toit de hauts sacs de blé. Au
sommet de ces sacs trônaient majestueusement
de vigoureuses fermières normandes ; auprès
d'elles leurs maris devisaient de leurs affaires
et continuaient entre eux leurs marchés. Tous
ces gens-là se parlaient fort paisiblement les
uns aux autres, et comme s'il se fût agi de choses
indifférentes : peu de.gestes, pas de cris, un ton
de voix calme et nuancé , des paroles si tranquilles qu'en traversant la halle d'un bout à l'autre, c'est à peine si je pus suivre et saisir un mot
de leurs conversations. Quelle différence avec
un marché du Midi ! Je me rappelle avoir fait
connaissance avec cette France des troubadours
alors que j'étais bien petit ; je n'avais guère plus
de douze ans : le bateau à vapeur, dont on admi-
rait encore la rapidité, m'avait déposé un soir à
Valence, après m'avoir pris à Lyon aux premières
heures du matin. Le lendemain, j'entendis sous
les fenêtres de la *Croix-d'Or* un vacarme épouvan-

table ; on eût dit quelque étrange événement qui mettait en rumeur la ville entière ; toutes les colères paraissaient ramassées et déchaînées dans l'étroite enceinte que je voyais de ma fenêtre ; je pousse précipitamment les volets, le spectacle que j'aperçois n'était pas fait pour m'ôter cette illusion : on ne voyait que poings sur la hanche des femmes, que regards enflammés, que gestes désordonnés, une pantomime tirée des *fureurs d'Oreste*. La maîtresse de l'hôtel m'apprit que tout ce monde-là faisait tranquillement ses affaires. C'était le bouillonnement du lait qui monte et qui déborde, mais qui n'en est pas moins la plus paisible et la plus calme des boissons.

Au cabaret de Goderville, où je ne manquai pas de m'asseoir, je remarquai avec plaisir quelle vaillance et quel sans-façon mettaient les jeunes femmes à y venir chercher leurs maris. Elles y entraient non pas furtivement et à la dérobée pour y reconquérir leur moitié attablée aux dominos et au cidre ; mais hardiment, le front haut, suivant le milieu des tables jusqu'au moment où elles passaient leur bras dans le bras de leur mari et se faisaient reconduire par eux remarquées et triomphantes. J'ai retrouvé ailleurs cet usage touchant. Je me souvenais alors de ce lieu de réunion dans une ville que je ne veux pas nom-

mer, où chaque soir Madame X... allait attendre
à la porte, dans son carrosse discrètement fermé,
un mari qui ne sortait jamais, ou qui dans son
ivresse avait besoin d'un guide pour retrouver le
chemin de sa voiture. Pauvre Madame X...! Elle
aurait envié le sort de ces paysannes normandes
si fières et si confiantes. C'est que le bonheur est
en effet la première de toutes les choses que l'argent ne donne pas.

Cinq heures.

Je repars de Goderville, et me voilà sur le chemin du Havre. J'y arrive qu'il fait encore grand
jour. La première chose qui me frappe, ce sont
ces mâts de vaisseaux qu'on y aperçoit de tous
côtés; cinq ou six bassins pénètrent la ville dans
toutes les directions; avec la marée haute, le flot
arrive en bouillonnant jusqu'au quai le plus lointain du rivage; et pour empêcher la marée des-
cendante d'emporter avec elle les navires qu'elle
a amenés, d'énormes écluses ferment séparément
chacun de ces bassins. Il y a quelque chose d'im-
posant et de grandiose à voir ces grandes masses
d'eau ainsi suspendues avec les vaisseaux qui s'y
trouvent retenus. La jetée du Havre ressemble à

toutes les jetées. A gauche on aperçoit Honfleur
et Trouville ; au delà une longue ligne de falaises
se prolonge à l'horizon comme un cap qui s'en-
foncerait dans la mer. Il est de tradition pour les
voyageurs de Paris de franchir en bateau à vapeur la distance qui sépare le Havre de Honfleur ;
c'est ce qu'on appelle la traversée parisienne.
Quand on a ainsi coupé deux fois le fil de la Seine
à son embouchure, on se persuade que l'on a été
sur mer, et l'on se conserve jusqu'à la fin de ses
jours le droit de s'en vanter. Cette tradition béo-
tienne des dandys parisiens m'ôte toute envie de
m'embarquer pour Honfleur ; je regarde partir
sans regret le léger pyroscaphe, et quoique le
pont n'offre guère à ma vue que deux ou trois
matelots goudronnés, il me semble le voir tout
infesté de messieurs ayant leur lorgnon sur le nez,
un faux-col trop haut et un habit trop court, des
gants de peau de chien et des cannes coupées par
le milieu.

Le Havre possède en ce moment-ci un navire
d'une marche supérieure qui fait le service pour
les États-Unis ; la rapidité du *Vanderblik* est devenue ici l'objet de la curiosité universelle ; on va
le visiter comme on le ferait d'une personne ; les
armateurs ont eu l'heureuse idée de réclamer
un franc par curieux au profit du bureau de bien-

l'aisance ; la somme ne laissera pas d'être assez ronde. Pourtant, lorsque je m'y présente, le flot des visiteurs s'est écoulé ; le jour tombe, le soleil va se coucher ; les matelots placés en sentinelle sur tous les points du navire, pour guider l'inexpérience et satisfaire la curiosité des touristes, ont déjà regagné leurs hamacs. Dieu sait à quelle heure les pauvres gens avaient le matin secoué leur sommeil. Il faut que le chargement marche et que le navire parte. J'erre au hasard dans ces vastes espaces, poussant les portes que je rencontre, montant ou descendant les étroits escaliers, guidé par les indications anglaises que je trouve à chaque détour. Je signale le *Vanderblik* aux armateurs ; assurément j'ai déjà vu dans ma vie bien des navires destinés au transport des passagers : je n'en ai pas encore vu de cette aisance, de cette ampleur, de cette science vraiment supérieure au point de vue du confortable de la vie. Il est vrai que le *Vanderblik* ne prend point de passagers de troisième classe, à plus forte raison point de ces passagers d'entre-pont qui gisent sur le tillac entre les paquets et les cordes. Je trouve dans le salon des premières une Bible anglaise fort bien reliée ; je me demande combien de temps il me faudrait chercher pour trouver dans un vapeur français un livre de prières à portée de la main sur le tapis de velours du premier sàlon. Cette réflexion me conduirait très-loin; les Français ne sont pas impies, tant s'en faut; mais, en matière de religion, ils sont très-lâches, ils ont peur d'être connus religieux; c'est l'honneur des Anglais, même lorsqu'ils ne le sont pas, de vouloir le paraître.

Sept heures du soir.

J'ai oublié de dire que, pendant ce voyage, je déjeunais et je dînais; j'ai laissé ce détail à la sagacité du lecteur, convaincu qu'il s'en douterait aisément. Cependant je fais violence à mes habitudes pour mentionner la table d'hôte où je prends place à l'hôtel de l'*Europe*. Je m'assieds à cette table commune où des laquais gantés promènent fastueusement autour de nous leur vaisselle d'argent; il me semble que je suis à un dîner de cérémonie. Les dames ont la même mine renfrognée, les messieurs s'y retranchent dans la même morgue; les premières font reculer leurs voisins en étalant à droite et à gauche leurs jupons fortifiés; les autres s'ensevelissent dans leur cravate et se concentrent dans leur assiette; on n'entend guère que la voix monotone des servi-

teurs vous nommant l'un après l'autre ou les
mets ou les vins. Je le répète, je crois être dans
une maison particulière très-bien tenue. Qu'est
devenu ce temps exquis où la maîtresse de la
maison découpait elle-même les pièces principales
et les servait en détail aux convives gracieuse-
ment interpellés, où chaque morceau d'un gibier
devenait une nuance de politesse, où un mot aimable et spirituel assaisonnait et relevait ce qu'on
vous faisait passer? Aujourd'hui le domestique
massacre dans la coulisse l'oiseau qu'on vous a à
peine laissé voir, et comme ici au restaurant je
ne puis m'empêcher de songer aux grands dîners
que je suis mis en demeure de subir, je ne vais
plus guère chez personne à un dîner de quelque
cérémonie sans me croire malgré moi au restaurant.

Pendant que je fais ces réflexions, j'ai l'air fort
sot; on m'offre une compote à moi le premier,
parce que je me suis mis au bas-bout de la table,
suivant la recommandation de l'Évangile. Je m'a-
perçois que ma voisine n'est pas servie; je ne
mettrai pas le premier la main au plat lorsqu'il
y a des dames. Le garçon passe et ne revient plus.
Je grignote mon pain du bout des lèvres, en songeant tout bas à ce que coûte en voyage la plus
vulgaire honnêteté. A la fin du repas, un garçon

promène un plat d'asperges ; celui-là ne suit pas tout bêtement la file des convives. En croirai-je mes yeux ? Il va d'abord servir les dames et ne s'adresse aux messieurs qu'au deuxième tour ! Je contemple ce garçon extraordinaire et je comprends tout : il a les cheveux gris, presque blancs, l'air respectable, des manières aisées, rien de la roideur et de l'empois des valets britanniques ; c'est quelque maître d'hôtel français qui s'est retiré du service de la bouche et qui offre des asperges en amateur : lorsque ce garçon aura quitté l'hôtel de l'*Europe*, personne ne s'y avisera plus de servir les dames avant les messieurs.

Puisque j'en suis sur ce chapitre, il faut que je finisse d'ouvrir mon cœur et de dire ce que je pense ; j'ai pris durant ce voyage des places de toutes les espèces : des premières, des secondes, des troisièmes, des trains express et des trains d'émigrants. Il faut dire la vérité toute crue : plus la place est chère et distinguée, plus on s'y ennuie et l'on y grogne. C'était jadis une notable partie de l'éducation chez un homme comme il faut que le tact d'être aimable ou tout au moins gracieux en voyage, sans être importun ni familier ; la familiarité n'est, comme chacun le sait, qu'une contrefaçon grossière de l'aisance. On reconnaissait aisément l'homme bien élevé, souvent même l'homme d'esprit, pour avoir fait avec lui en diligence un trajet de quelques heures ; à cette épreuve du savoir-vivre, l'illustre Gaudissart lui-même n'était pas capable de résister. Aujourd'hui le dernier bon goût est de ne pas desserrer sa respectable mâchoire, de pousser une espèce de grognement toutes les fois qu'il entre un nouveau voyageur dans votre compartiment, de prendre un air illuminé lorsqu'il en sort, et surtout de fuir les dames comme la peste, dans la crainte de ne pouvoir fumer. Dans les wagons de troisième classe je trouve encore quelque bonhomie ; on parle à son voisin, on se gêne pour faire de la place à un enfant, on déménage à travers les cloisons demi-coupées dès qu'il s'agit d'obliger une famille qui ne veut point se partager, enfin on a l'air d'être en vie. Pour les places de deuxième classe, ne m'en parlez pas : on y est aussi sot qu'aux premières, avec le naturel de moins ; on y est gourmé, empesé, silencieux par artifice ; on y professe la prétention de la morgue sans en avoir la hauteur, et, sous prétexte de se recueillir, on s'y boude.

Le Havre, mercredi 11 avril 1860.

Je me suis couché tard hier, je ne me hâte pas

de me lever ce matin ; le temps est d'ailleurs fort
triste : car il faut bien aussi parler du temps lorsqu'on raconte ses voyages. Cette ville du Havre
me rappelle, toutes proportions gardées, les ex-
croissances subites des cités américaines; elle a
grandi avec la rapidité de la foudre, elle compte
près de cent mille âmes; c'est, je crois, aujour-
d'hui la troisième ou la quatrième ville de l'empire. Avec cela, elle n'a rien de ce qui peut satisfaire les besoins moraux d'une ville de premier
ordre, ni facultés, ni enseignement supérieur, ni
lycée; des églises étroites et mesquines, fort laides
pour la plupart; à peine des journaux dans les
cafés, et encore moins de gens qui s'avisent de les
lire. Le Havre s'est dilaté par une véritable érup-
tion; on lui a ôté tout d'un coup, comme à la ville
de Toulon, la ceinture de murailles qui l'étouffait,
et aujourd'hui, malgré le peu de temps écoulé,
il serait de toute impossibilité de faire rentrer
dans leurs anciennes limites les faubourgs qui
s'allongent de tous côtés vers les campagnes.
Voici à Lheure une charmante église avec son petit cimetière attenant : les maisons empiètent sur
les tombes ; cette boutique d'épicier tient la place
de la croix des morts. Demain ce champ du re·
pos aura disparu ; on transportera dans quelque
recoin éloigné ces ossements tirés de la terre, et les

chrétiens qui entreront à l'église ne seront plus rappelés au souvenir de ceux qui les ont précédés.

Quatre heures du soir.

Alphonse Karr a rendu célèbre le petit village de Sainte-Adresse. Je n'aime pas beaucoup cet auteur, je lui trouve plus de prétentions encore que de mérite ; mais j'aime beaucoup la campagne que je traverse pour me rendre par Ingouville jusqu'au sommet de la falaise. Je rencontre sur mon chemin une batterie rase que l'on est en train de construire ; elle sera armée de douze canons Armstrong ; ces canons sont parfaitement orientés, malgré la distance énorme qui les en sépare, pour commander les jetées du Havre et toute la partie basse de la côte où l'on pourrait tenter un débarquement ; les mêmes précautions sont prises silencieusement sur un grand nombre d'autres points. Un habitué de la Bourse ne manquerait pas d'y voir le symptôme d'une conflagration prochaine ; pour moi, je me rappelle tout simplement le fameux axiome : *Si vis pacem, para bellum.*

C'est assurer la paix que préparer la guerre.

Un peu plus loin deux phares ont été symétri-

quement disposés ; d'autres signaux s'échelon-
nent encore pour permettre aux navigateurs de
relever plus commodément la côte. Une chapelle
a été bâtie sur ces hauteurs à Notre-Dame des
Flots ; elle est encore inachevée et particulièrement elle n'a point de portes ; je pense qu'on la
ferme le soir en la barricadant avec des planches.
Je trouve que cette chapelle sans portes a quelque chose de touchant et d'inattendu ; c'est le
symbole vrai de la miséricorde divine : le cœur
de Dieu n'a pas de portes pour le repentir.

On ne peut aisément imaginer la hauteur
abrupte de ces falaises ; la mer par le bas les dé-
vore à pleins flots, malgré les précautions indi-
quées et mises en œuvre par la science ; comme
l'écroulement a toujours lieu par le pied, le haut
de la falaise est à pic sur la mer ; il y a là de
grandes masses qui penchent en avant et qui hé-
sitent quelques jours avant de tomber définitivement. Sur un de ces blocs déjà en route pour
leur ruine, je vois assise toute une famille insouciante et joyeuse : le père, la mère, deux beaux
enfants ; la mère laisse pendre ses jambes du côté
de l'abîme ; le père, accoudé, dépouille avec un
couteau une baguette de bois blanc ; les rognures
qu'il détache sont emportées l'une après l'autre
dans le vide ; près d'eux le petit garçon et la

petite fille font des cabrioles sur le talus gazonné et penchant. A Paris, si quelque sergent de ville voyait un homme et une femme débordant d'un toit, il leur jetterait des cordes, et les journaux du lendemain raconteraient qu'ils ont été sauvés; ici l'habitude du péril leur rend cette hardiesse indifférente. Pour moi, je m'enfuis; il me semble qu'ils ne pourront se remettre debout sans prendre le vertige et perdre l'équilibre.

Tout en suivant l'étroit sentier, je contemple cette mer pâle, éclairée d'un rayon lointain de soleil, voilée derrière par les premières brumes du soir, obscurcie plus près de nous par le reflet noirâtre de la falaise; elle attire et fascine le regard comme l'ondine de Gœthe dans la ballade du pêcheur. Comme l'Océan est sombre! C'est la mer des glaces septentrionales, ce sont là les flots qui transportent les nefs armées : la Méditerranée, c'est une coupe azurée qui porte sur ses bords une couronne de fleurs. La voix de l'Océan est la plainte d'une douleur; le murmure de la Méditerranée, le soupir d'une volupté.

Le soir, je suis entraîné dans les rues par les vociférations de deux équipages américains descendus au Havre le matin même; les deux navires avaient l'un et l'autre six ou huit mois de mer. Ces matelots ressemblent à des lions déchaînés. A travers les portes entr'ouvertes des débits de vins et de liqueurs, je les vois qui se livrent à des danses impossibles ; ils tiennent le milieu de la rue, et il faut se ranger contre les maisons pour les laisser circuler. Une des premières choses dont le Havre ait besoin, c'est d'un quartier séparé pour y renfermer cette population nomade et rugissante ; la municipalité devrait prendre à cet égard un parti décisif ; on ne peut laisser les rues les plus fâcheuses couper à angle droit les principales voies de communication. Tout ce bruit me poursuit jusque derrière les rideaux de mon lit ; les énergiques hurrahs de la race saxonne remplissent encore mes oreilles.

Jeudi, 12 avril 1860.

Le Havre présente une circonstance bizarre : on y trouve la paroisse la plus considérable de la France tout entière ; il va sans dire que j'excepte Paris. Cette paroisse est celle de Notre-Dame. Je ne sais plus combien elle compte de milliers d'âmes. Le curé a les allures et la puissance d'un évêque. Quant à l'église, elle forme une assez désagréable exception parmi les églises de la Normandie ; elle est moderne, surchargée

et sans caractère. C'est mon dernier coup d'œil
sur le Havre; je me mets en route pour Rouen.

Deux heures de l'après-midi.

Nous sommes dans une saison indécise et ca-
pricieuse : il ne faut pas compter trop longtemps
sur les belles éclaircies et sur les rayons prin-
taniers du soleil. De toutes les curiosités de
Rouen, celle dont on m'a parlé le plus, c'est
la chapelle de Notre-Dame de Bon-Secours. Du
chemin de fer je l'avais déjà aperçue, dominant
la ville et élevant fièrement au front de la montagne son triple portail et ses flèches sculptées.
Cette église est, qu'on me permette de le dire,
plus qu'une merveille de l'art; c'est une merveille
de la volonté. Cette force du vouloir humain est
assez rare de nos jours pour mériter d'être
connue et racontée. Bon-Secours est un tout
petit village perdu quelque part sur la vaste
croupe de la montagne; je ne sais trop même si
je l'ai aperçu pendant mon ascension; il me
semble me rappeler pourtant que ce groupe de
deux ou trois maisons perchées au-dessus du fau-
bourg de Saint-Vivien, est en effet tout le ha-
meau de Bon-Secours. Un beau jour, M. le curé

imagina de construire sur ce sommet une basi-
lique plus splendide que Notre-Dame ou que la
Sainte-Chapelle, un monument dont la richesse
défierait et vaincrait les plus beaux monuments
et les plus magnifiques souvenirs du moyen âge.
Voilà ce que rêvait ce digne curé, accoudé sur sa
table de sapin blanc. Vous vous seriez plus étonné
encore de ces idées de grandeur et de magnifi-
cence si vous aviez pu le connaître ; le luxe
n'existait pas pour lui ; il avait coutume de se
faire donner par ses confrères quelque vieille
soutane usée, qu'il rajeunissait en la comparant
à la sienne, et qu'il appelait à la fois par comparaison et par métaphore, une soutane neuve. Le
voilà donc qui commence avec la sainte précaution de n'avoir pas le sou. Les ouvriers devaient
être payés tous les quinze jours : que croyez-vous
qu'il fît pendant ces deux semaines ? Il commençait par rester tranquille chez lui, trouvant in-
digne de s'inquiéter si longtemps d'avance et de
traduire à si lointaine échéance la miséricorde
de Dieu. Vers le milieu de la seconde semaine il
se mettait en route, avec la foi des apôtres, desséchant, comme le disait un jour je ne sais plus
quel vicaire mécontent d'une paroisse voisine,
desséchant toutes les sources de la charité dans
les environs de Rouen. Il y a des gens qui, malgré

la justification du Christ, ne peuvent se résigner
à voir répandre les parfums de Madeleine. Inutile
de dire qu'il trouvait toujours de l'argent et plus
qu'il ne lui en fallait pour ses besoins du moment; l'argent ne manque jamais aux œuvres
saintes : c'est une permission de Dieu. Plus que
personne, M. le curé de Bon-Secours en était
convaincu par son expérience. Il lui arriva un
jour d'apprendre cette économie politique du
chrétien à l'un de ses confrères qui l'ignorait.

Celui-ci, curé dans une petite paroisse dont je
ne veux pas dire le nom, vint un jour, dans une
heure de découragement, le trouver tout au milieu des constructions où il passait sa vie. L'é-
glise de Bon-Secours commençait à apparaître
au niveau du sol, sur ses larges fondations; on
ne pouvait s'empêcher de contempler en espérance l'édifice qui allait s'asseoir sur ces amples
assises; quinze mille francs étaient déjà dépensés,
et l'aspect général du monument donnait une
perspective pécuniaire de deux ou trois cent mille
francs. Le curé étranger regardait d'un œil ébahi
ce qu'on avait fait, et rêvait de ce qui restait à
faire; depuis cinq ans il quêtait de toutes parts
pour reconstruire son humble église, et depuis
cinq ans, centime par centime, par demandes,
par prières, par supplications, il n'avait pu réunir

encore qu'une misérable somme de six cents
francs. Hésitant, incertain, confus, il n'avait pas
osé mettre la main à l'œuvre, et il appelait vai-
nement les fidèles au secours de ses besoins.
« Voulez-vous que je vous donne un bon conseil,
interrompt le digne pasteur qu'il avait pris pour
confident de sa peine, à une condition toutefois,
c'est que vous me promettrez de le suivre : voici
ce qu'il faut faire. Vous avez, dites-vous, six
cents francs d'épargnés, et vous n'osez pas vous
mettre en route avec si peu. Donnez-les-moi ces
six cents francs, et commencez votre église demain; il ne faut pas avoir d'argent d'avance. Ces
six cents francs seront employés aujourd'hui; ne
les laissez pas dormir si longtemps, quand ils
attendent le service de Dieu. » Six mois après,
M. le curé de Bon-Secours recevait une lettre de
son confrère; l'église tant désirée se dégageait
peu à peu du néant; le curé aux abois devant sa
somme oisive avait déjà dépensé plus de six mille
francs, et les ressources lui arrivaient de toutes
parts. Ces dépenses-là comportent en effet une
arithmétique spirituelle qui n'est point précisément celle de tous les hommes. M. le curé de
Bon-Secours en fit un autre jour la touchante
épreuve, et elle ne lui réussit pas moins. Le
R. P. H***, de l'ordre des Prémontrés, venait un

jour donner à Rouen un sermon de charité ; il voulait relever cette antique abbaye qui abrite maintenant auprès d'Avignon l'ordre reconstitué. M. le curé l'invite à se faire entendre à Bon-Secours, le jour de Pâques, dans la nouvelle église qu'on venait d'ouvrir. « Volontiers, monsieur le Curé, mais à une condition, c'est qu'il me sera permis le lendemain d'y prêcher pour le compte de mon œuvre. — Non, pas le lendemain, mon Père, mais ce jour-là même, et vous n'aurez pas besoin de faire deux sermons. — Cependant votre église, monsieur le Curé, nue, inachevée, sans portes, sans autel... — Ne vous inquiétez pas, mon Père ; tout s'arrangera. » A l'heure dite, le P. H*** monte en chaire et y termine son discours par une magnifique et touchante péroraison en faveur de cet ordre contemplatif que dans son intimité, par un langage pittoresque et imagé, il appelle volontiers la garde impériale des ordres religieux. Il fait lui-même le tour de l'église, et recueille une somme vraiment considérable. L'assistance allait s'écouler, lorsque M. le curé monte en chaire à son tour. « Mes chers paroissiens, ajoute-t-il simplement, une bonne œuvre ne doit jamais faire tort à une autre : vous avez donné pour l'ordre des Prémontrés, je viens vous demander pour notre église : j'espère que vous ne

l'oublierez pas. » Il descend et présente à son
tour la même bourse aux mêmes aumônes; à
vingt-cinq centimes près, il recueillit la même
somme que le religieux. Quoi qu'en dise le vicaire malcontent, les sources de la charité sont
de celles qui ne tarissent pas; il ne sied pas à
l'homme de se mettre en peine de les ménager.

C'est une chose fabuleuse que la vue intérieure
de Notre-Dame de Bon-Secours; c'est, je puis le
dire, la seule église moderne qui m'ait paru vraiment complète : c'est le gothique pur, le gothique étincelant, fleuri, doré. N'allez pas vous
figurer quelque petite chapelle rétrécie où s'en-
tassent l'un sur l'autre les ornements, où le clin-
quant se mêle aux pierreries, le mensonge du
cuivre aux richesses de l'or. C'est un immense
vaisseau à la voûte hardie, aux trois nefs déga-
gées et profondes, dans lequel il n'y a pas un
centimètre carré qui ne disparaisse sous les marbres les plus riches ou n'éclate des plus merveil-
leuses couleurs; toutes les enluminures de ces
immenses voûtes sont rehaussées d'or comme les
marges d'un missel; tous les fûts supportent
des statues peintes, avec leurs accessoires emblé-
matiques. On monte en ce moment-ci un autel
d'orfévrerie; il est question ensuite de paver le
sanctuaire; les mosaïques doivent être enrichies

des marbres les plus rares et les plus précieux ;
puis il faudra songer aux trois portes de la façade. C'est encore là une de ces églises inache-
vées dont je parlais plus haut, et qui sont destinées à n'être jamais finies. J'aime ce luxe sans
limites et cette prodigalité splendide dans la
construction et l'embellissement des édifices sacrés. Si les églises, au point de vue religieux, sont
le luxe de Dieu, au point de vue humain elles
sont le luxe du pauvre ; les pharisiens feront bien
de s'en souvenir.

Cinq heures du soir.

Je redescends de Bon-Secours et je me rends
tout droit à l'église de Saint-Maclou ; c'est, avec
la cathédrale et Saint-Ouen, une des trois églises
gothiques les plus belles de Rouen ; à mon gré,
c'est la plus belle des trois.

La porte de Saint-Maclou passe pour avoir
été sculptée par Jean Goujon. Je ne sais quelle
authenticité on doit attribuer à cette tradition,
peut-être un peu hasardée : querelle d'archéologues, dont il ne faut point se mettre en peine.
A quoi bon s'évertuer pour établir, je suppose,
que sans doute ces portes ne furent point l'œuvre
de Jean Goujon, mais bien d'un artiste ou d'un

disciple digne d'être pris pour le maître et capable d'être confondu avec lui ? Le porche de Saint-Maclou projette sur la façade gothique un triple dôme en pierre brodée ; c'est ce que j'ai vu de plus beau dans ma vie. On me recommande comme point de comparaison le portail de l'église de Louviers ; j'irai donc à Louviers, avant de rentrer à Paris.

Il y a à Saint-Maclou, pour monter dans les orgues, un escalier en pierre sculptée qui est un véritable chef-d'œuvre. J'aime cette architecture simple et naïve qui n'allait pas chercher de tous côtés des motifs d'ornements, lorsqu'elle en avait de tout trouvés. C'est une des erreurs de notre temps que la constitution séparée d'un art nouveau, auquel on a donné le nom d'ornementation, et que l'on a détaché de l'architecture ; il y a aujourd'hui des gens qui se qualifient d'*ornementistes,* comme on s'intitule architecte. Lorsque le monument est achevé, que les lignes en ont été arrêtées, ils arrivent et y plaquent en tous sens leurs peintures, leurs corniches, leurs ornements saillants et rentrants. Cette décoration, accrochée après coup à l'édifice, ressemble fort aux tentures que l'on pend à des clous : les ornementistes sont des tapissiers en grand. Ce n'est point ainsi que se bâtissait le Parthénon ;

les couleurs mêmes qui revêtaient les colonnes et les frises étaient nées dans la pensée de l'artiste, avec les formes de l'édifice ; les moindres mouvements de la décoration faisaient partie du plan primitif ; il n'y avait pas un homme pour tracer le dessin et un autre pour l'enluminer. Cherchez dans nos églises modernes l'escalier qui conduit aux orgues ; la plupart du temps vous ne le trouverez pas ; il est perdu et noyé dans le massif d'un des piliers ; en revanche, votre vue est de tous côtés égarée par des ornements parasites ; il est impossible de deviner ce qu'ils ont à faire dans l'économie de l'ensemble. J'aime bien mieux l'artiste acceptant le besoin d'un escalier et s'arrangeant pour en faire une merveille ; voilà le motif d'une sculpture tout trouvé, et l'entrée aussi belle à l'intérieur qu'au dehors.

Faut-il y ajouter un détail sanglant ? Presque toutes les statues qui figurent dans les admirables bas-reliefs du porche, celles qui grimpent la spirale de l'escalier intérieur, les bêtes même de l'Apocalypse qui s'accrochent aux pendentifs, ont la tête tranchée. La révolution est ainsi écrite sur la pierre en traits ineffaçables ; ce livre muet a une éloquence terrible ; la cassure de la pierre blanche, qui ressort sur le fond sombre et noir du bas-relief, ressemble à de la chair fraîchement coupée. Ces églises, monuments de paix, demeureront-elles toujours marquées sur leurs fronts pieux du témoignage de nos discordes et de nos crimes? Ne saurait-on espérer qu'un jour la commission des monuments historiques songera à cette restauration? L'art moderne offre des ressources pour rétablir discrètement ces sculptures décapitées ; l'ensemble du monument y gagnera ; on enlèvera ainsi le voile de deuil et de tristesse qui l'enveloppe.

De Saint-Maclou je me dirige vers Saint-Ouen. C'est la plus grande église de Rouen ; elle présente fièrement sur une place suffisamment vaste ses trois flèches et son majestueux parvis. Avant d'y entrer, je commence par en faire le tour ; cette promenade artistique est facile. Le monument repose au milieu d'un jardin public. Ce n'est pas un des moindres agréments de ces pelouses et de ces bosquets d'avoir pour perspective, d'un côté la Seine et la verte campagne de la Normandie, de l'autre cette église si fière dans son attitude, où le regard se promène à plaisir à travers les mille caprices des dentelures et les élancements gracieux des arcatures extérieures. Il faut rendre justice à l'architecte qui a construit durant ces dernières années la façade jusqu'alors absente : il est bien difficile, pour ne pas dire impossible, de mieux concevoir, continuer et parfaire un monument; on ne peut pas même comprendre cette église autrement qu'il l'a terminée. Toutefois, en considérant de plus près les sculptures de la façade, je sens malgré moi une différence; ce sont bien pourtant les pendentifs, ce sont bien les motifs, les nervures, les mouvements de l'ancien porche latéral. Pourquoi l'effet que j'en ressens est-il tout autre? J'aurais deviné que cette partie était ajoutée, alors même qu'on ne m'en eût rien dit. Y aurait-il donc jusque dans l'insensibilité de la pierre comme un parfum exquis de vétusté? C'est en vain que, passé un certain âge, une femme sera aimable et gracieuse; il lui manque le charme ineffable de la jeunesse, cette fraîcheur mystérieuse de l'âme que rien ne vaut et que rien ne remplace. Qui sait s'il ne se produit pas quelque chose de semblable et d'inverse pour un monument? Il n'est peut-être donné à aucun art et à aucun génie de remplacer le prestige des siècles écoulés, et de communiquer à l'œuvre si récemment née la majesté et la grandeur du passé. Une étude plus attentive m'a livré le secret de mes impressions; c'est mon instinct qui avait raison; je ne pouvais, je ne devais pas éprouver la même émotion morale en présence du travail moderne. Voici pourquoi. Regardez les têtes de

la vieille sculpture gothique : toutes elles pensent;
toutes elles ont une expression caractérisée, originale, puissante; toutes elles portent l'empreinte
d'une individualité forte et saisissante ; l'artiste
les a pensées séparément; elles sont chacune,
prises à part, un des moments de sa vie intellec-
tuelle et morale. Qui sait, dans ces pieuses asso-
ciations d'artistes et d'ouvriers du moyen âge, si
chacun d'entre eux n'est pas venu tour à tour
sculpter son personnage et apporter ainsi à l'œuvre commune sa part de poésie et de création?
Au contraire, dans la partie moderne, si toutes
les têtes ne se ressemblent pas physiquement, si
elles ne sont pas sorties d'un même moule ma-
tériel, bien certainement elles sont le produit de
la même main, les divers exemplaires d'une même
pensée pâle et indécise. Il y a plus de création
dans l'arrangement des draperies, le mouvement
des arceaux, l'attitude du piédestal, qu'il n'y en a
dans toute la tête : elle ne pense à rien, elle est
froide et inanimée. Il en résulte que la multitude
des statues répandues dans les trois portails produit l'effet un peu terne et un peu monotone
d'une foule anonyme; on y voit tout le monde,
on n'y distingue personne. Au contraire, faites
descendre de leur trône épiscopal ou des instruments de leur martyre les pontifes et les saints

qui ornent le côté antique, rassemblez-les en un seul groupe : vous n'y trouverez pas une seule physionomie vulgaire et banale ; ce sont bien là les *chefs des troupeaux populaires*, pour employer l'expression du vieil Homère ; s'ils sont réunis sans suite et sans escorte, on cherche derrière eux les serviteurs ou les disciples qui doivent leur obéir et les accompagner.

Il y a dans l'église de Saint-Ouen un bénitier où se produit un effet d'optique fameux parmi les badauds, et par conséquent connu du plus grand nombre ; ce bénitier en marbre noir, placé suivant l'usage à l'entrée de la première travée, présente une particularité singulière : il offre dans l'eau qui le remplit la reproduction exacte et complète de la vaste nef ; on y voit jusqu'à la lampe du sanctuaire allumée devant le grand autel. Je comprends que l'eau répandue sur ce marbre sombre produise l'effet d'un miroir noir ; ce que je comprends moins, c'est la disposition optique qui permet d'y saisir l'édifice tout entier. Pendant que je m'attarde à examiner cette curiosité, le sacristain me regarde d'un air ébahi ; son temps est compté ; il faut que je passe par la description des grilles du chœur ; elles sont fort belles, mais je songe toujours à mon bénitier. Il faudra que je fasse à ce sujet une petite expérience de physique; je crois fort que le phénomène de Saint-Ouen pourrait être reproduit à peu près dans toutes les églises. Du pied du grand autel on distingue parfaitement la déviation de l'axe principal ; c'était une touchante idée de faire ainsi pencher les cathédrales du côté où Jésus-Christ avait reposé sa tête en expirant sur la croix. Les chapelles latérales sont construites à pans coupés, et tellement disposées, que du chevet de l'Église on les voit s'enfuir à droite et à gauche, sans apercevoir le fond d'aucune d'elles ; cette disposition ajoute encore à la grandeur du monument.

Je suis obligé de fermer les yeux en sortant de Saint-Ouen : la tribune de l'orgue est soutenue, qui le croirait ? par deux colonnes grecques du plus pur corinthien ; cette perspective athénienne pour fermer une église gothique me paraît des mieux imaginées. Si j'étais le curé de Saint-Ouen, il me semble que l'indignation de voir profaner mon architecture gothique me donnerait la force de les entraîner de mes deux mains, comme le fit Samson des piliers qui soutenaient la salle du festin.

Rouen, vendredi 13 avril 1860.

Ce matin je suis changé en une machine vivante ; on m'emballe dans une voiture et on me promène dans Rouen. Je ne sais plus ce que je vois, je marche comme le Juif-Errant ; mais j'ai perdu la conscience de mon être, je n'aperçois plus rien qu'un défilé fantastique semblable aux images de la lanterne magique : lorsqu'on éteint la lampe, il ne reste plus rien sur la serviette. Je me souviens pourtant, à travers ce vague, que l'on m'a conduit au Musée d'antiquités, à l'Ecole de médecine, à l'Ecole préparatoire des sciences et des lettres, à l'hôtel Bourgtheroulde, à la place du Marché, devant une statue de Jeanne d'Arc dont la laideur et le mauvais goût m'ont fait frémir, au Palais de justice habité jadis par les ducs de Normandie, devant la statue de Boïeldieu, devant celle de Pierre Corneille, à la Bourse, à Saint-Patrice, à la cathédrale, à Saint-Vincent, à la Grosse-Horloge appelée dans le pays, je ne sais pourquoi, le Gros-Horloge. Je me sens presque aussi las de mon énumération que je l'étais de mes courses. Voyons si je ne me rappelle rien dans ce tourbillon. Je me rappelle avoir vu au Musée des antiques deux choses qui m'ont frappé : la porte de la maison de Corneille, et le glaive dont s'armait Talma pour jouer la tragédie. Je me souviens aussi de l'escalier que descendit Jeanne d'Arc pour aller au supplice, et de

la place où elle fut brûlée; je me souviens encore de la flèche qui déshonore la cathédrale.
Pour compléter l'édifice, il restait à construire un
clocher qui achevât l'ensemble; on fit le devis :
la dépense devait s'élever très-haut, la cathédrale étant, comme les autres églises dont j'ai
déjà parlé, une véritable merveille de bijouterie
gothique. Un spéculateur imagina une flèche au
rabais; c'est un énorme étui en fonte, haut
comme la cheminée d'une machine à vapeur, à
laquelle il mérite bien d'être comparé. Par un
touchant accord, la municipalité et la fabrique
furent également frappées de l'économie du système. C'est ainsi qu'une des plus belles cathédrales gothiques du moyen âge se trouve profanée
et avilie par une excroissance, une sorte de cham-
pignon métallique qui fait frémir les voyageurs.
Pour moi, cette vue désagréable me cause une
impression si pénible, que je m'enfonce dans l'é-
glise, ne pouvant plus supporter l'aspect de cette
potence perchée sur ce fronton sculpté. La cathédrale contient des tombeaux admirables. Ma
mauvaise étoile me fait tomber sur trois épiciers
en vacances qui communiquent leurs remarques
artistiques au sacristain. Là dessus, je tourne le
dos à la grille que l'on m'ouvre: je me passerai
des tombeaux; j'aime mieux ne les avoir point

vus, que d'être condamné à me les rappeler toute ma vie à travers leurs réflexions saugrenues : voilà bien des gens qui gâtent les clairs de lune.

Le Palais de justice est de la même époque et du même style ; à gauche se trouve une salle immense qui sert de Pas-Perdus : la voûte est en bois, l'architecture en est étonnante ; elle rappelle tout à fait la grande salle des Pas-Perdus du palais de justice de Poitiers. C'est ici que les marchands de Rouen venaient autrefois tenir leur Bourse, une Bourse primitive et comme on n'en voit plus, faite, qui le croirait? pour vendre et pour acheter des marchandises véritables. La salle fût construite par messieurs les échevins sur la plainte des chanoines du Chapitre : les marchands avaient pris la coutume de traiter leurs affaires sous les voûtes de l'église Notre-Dame, et il en résultait un grand bruit et dérangement pendant les offices. — Nous sommes appréhendés au corps dans cette salle des Pas-Perdus par une espèce de cornac bel-esprit qui nous conduit en laisse de chambre en chambre et de corridor en corridor. A partir de ce moment, je rentre dans le néant et je ne me rappelle plus rien ; son gazouillement m'empêche de penser.

Les vitraux de Saint-Patrice jouissent d'une réputation bien méritée. Comme on m'attend et qu'on me presse, il m'est impossible de les examiner. Je me contente de savoir qu'ils existent, ce que je croyais déjà parfaitement sur le témoignage d'autrui. De désespoir je m'acharne sur le vitrail du fond. Il représente cette scène éternellement belle et éternellement neuve de la Passion : le Christ vit encore, il contemple le monde du haut de la croix ; l'artiste a eu cette heureuse idée de relever la tête vers le ciel et d'en abaisser en même temps le regard vers la terre. La figure du Christ n'a pas cette expression si étrange, et j'ajouterai si dure, que j'ai vue dans les crucifix jansénistes conservés encore aujourd'hui à Port-Royal des Champs, près de Chevreuse ; ceux-là ont la sombre attitude de ce christianisme désespéré : la tête est renversée, le regard monte tout droit vers le sommet de la croix et se perd dans le ciel ; les deux bras, au lieu d'être étendus à droite et à gauche, se rejoignent presque de chaque côté des tempes ; ce ne sont plus les bras ouverts pour répandre sur les hommes le sang des blessures sacrées et qui bénissent le monde en le recevant sur le cœur divin. Le poëte qui a conçu les vitraux de Saint-Patrice a sans doute incliné la face en arrière pour exprimer le cri sublime de la dernière parole : « Mon Père, mon Père, pourquoi m'avez-vous abandonné ? » Mais en même temps un doux et lamentable regard enveloppe la foule qui l'environne, les saintes femmes agenouillées et le centurion romain qui pèse sur le mors de son cheval frémissant. Cette fougue de la vie des camps, mise en regard de la douleur immobile des deux Marie, forme un saisissant contraste. Au-dessus des saintes femmes, le bon larron vient de mourir sans souffrance et sans efforts ; le bois de sa croix n'a pas de tête, il est coupé à la hauteur des épaules du supplicié qui s'est renversé en expirant ; sa figure paisible tourne encore vers le Christ un regard éteint ; le corps s'est affaissé sur ses liens ; les deux bras sont passés à droite et à gauche sur les deux traverses de la croix ; les mains n'ont point été percées, toutes les rigueurs et tous les supplices ont été réservés pour l'Homme-Dieu. En face de cette fin si calme et si confiante se dresse l'agonie du mauvais larron ; attaché à la croix par des cordes solides qui lui saisissent les avant-bras et les jarrets, il s'est débattu de toute la force de ses muscles puissants ; une de ses jambes a été retirée en avant, le genou forme saillie, le pied a remonté violemment le long de l'autre jambe, un des bras est à demi retiré, mais le poing n'a pas pu franchir le nœud, et il s'est crispé de colère en se sentant retenu. Le mauvais larron a dû rendre l'âme dans le désespoir d'un dernier effort. Ah! que la pensée vraie est bien la première condition de l'art! Quelle puissante conception dans l'œuvre obscure de ce peintre inconnu! Quelle souveraine ignorance de tout ce qui pouvait se faire ou se transmettre sur l'expression convenue de ces derniers moments du Sauveur! Comme on sent dans tous les détails l'homme qui s'est pénétré des récits de la Passion! Quelle intelligence profonde et personnelle de la pensée des Évangiles! — Il y a au Musée des antiques de Rouen une chaise en bois sculpté qui copie la scène du vitrail de Saint-Patrice. L'intelligence est si rare en ce monde que, dans la reproduction réduite, l'ouvrier a trouvé moyen de profaner l'œuvre de l'artiste primitif. Il a rendu avec assez de bonheur la physionomie du Christ et les contorsions du mauvais larron; mais le malheureux a tordu aussi dans les convulsions d'une même agonie le bon larron, mort si paisiblement sur la foi surnaturelle de cette parole divine : « Aujourd'hui, tu seras avec moi dans le paradis. » Race maudite des imitateurs qui ne savent pas même s'abstenir de penser quand cela leur serait si facile!

Rouen, six heures du soir.

Je pars pour Paris, mais je veux m'arrêter à
Louviers ; j'ai le dessein d'en comparer le portail
avec le porche de Saint-Maclou. J'y arrive aux
ombres de la nuit ; car il faut descendre à une
station dont le nom m'échappe et faire encore
une bonne heure de voiture avant d'être rendu
à Louviers même. Au reste, Louviers et Elbeuf,
ces deux rivales, ont été traitées sur le même
pied d'égalité ; elles sont l'une et l'autre en dehors de la voie ferrée, et pour se rendre dans ces
centres manufacturiers il faut avoir recours à la
complication d'un omnibus. On prétend qu'à
l'époque où se construisit le chemin de fer, les
délégués d'Elbeuf et de Louviers s'escrimèrent si
bien, se munirent d'arguments si décisifs pour
arracher, les manufacturiers d'Elbeuf le chemin
à leurs rivaux de Louviers et les manufacturiers
de Louviers à leurs rivaux d'Elbeuf, qu'ils furent
crus les uns et les autres sur parole, et que le
chemin de fer les laissa de part et d'autre dans
leur commune solitude. Aujourd'hui, un habi-
tant de Louviers s'efforce de me prouver que tout
est pour le mieux dans le meilleur des mondes

possibles, et que, bien loin de désirer un embranchement, ils n'auraient qu'à y perdre. Je
l'écoute et ne lui réponds pas. Je cherche dans
ma tête la fable du renard et des raisins; il y a
un vers auquel, malgré moi, je change un mot,
et dont ma mémoire, en dépit de toute sa bonne
volonté, ne peut parvenir à rétablir le texte.

Samedi, 14 avril 1860.

On ne m'a pas trompé : le portail latéral de
Notre-Dame de Louviers est plein de caractère;
il projette aussi de plusieurs mètres en avant sa
voûte ogivale, soutenue par des colonnettes, par
des ciselures d'un travail infini. J'ai tort de parler
de travail lorsqu'il s'agit de gothique : le premier mérite des bons exécutants est de vous faire
perdre de vue les difficultés de leur instrument;
en les écoutant, un auditeur un peu artiste oublie les cordes que tourmente l'archet ou les
touches que sollicite la main; on est tout entier
à l'effet musical; leur véritable supériorité consiste, si je puis le dire ainsi, à se supprimer eux-
mêmes, à vous faire arriver jusqu'à la pensée du
compositeur, à vous y introduire de telle sorte
qu'entre vous et le génie que vous écoutez, il n'y

ait plus rien. C'est aussi un des priviléges de la grande architecture ; elle est si bien l'expression d'une pensée, qu'on oublie les rébellions opposées par la pierre au ciseau : il y a tant de vigueur et tant de force dans cette poésie des monuments, que les pierres paraissent s'être rangées aux accords de la lyre, à la voix et presque à la pensée de celui qui les appelait. Malheur à celui qui, devant un de ces chefs-d'œuvre du moyen âge, s'est avisé de la difficulté d'exécution ! S'il a songé ou à la persévérance du ciseau, ou à la multitude des ouvriers, ou à la prodigalité des dépenses, qu'il passe son chemin ! Il n'a jamais rien compris à l'art gothique, si cet art ne lui fait pas l'effet de s'épanouir tout seul en ogives et en rosaces, comme la fleur des champs élance sa tige et arrondit d'elle-même sa corolle.

On me dit qu'à l'extrémité de Louviers je trouverai une autre église dédiée à saint Germain. En effet, je l'aperçois vaguement du milieu de la place, perdue dans la pluie qui tombe à petits grains et le brouillard qui soulève lentement son lourd rideau de vapeur. Elle me paraît, à distance, d'une insignifiance suffisante pour me dispenser d'aller plus avant. Si je me suis trompé, que les paroissiens de Saint-Germain me le pardonnent, je leur promets à ma prochaine excur-

sion d'aller tout exprès faire chez eux l'amende
honorable de mon erreur.

Il y a à Louviers un omnibus qui vous recon-
duit au chemin de fer, à travers les quelques kilomètres que vous avez déjà parcourus pour venir de la station. Vous êtes sûr, me dit-on, d'y
être rendu pour le passage du train ; seulement,
il est bien entendu que vous vous livrerez, pour
prendre vos billets et faire enregistrer vos bagages, à cette gymnastique désordonnée de la dernière minute, dont il m'est arrivé de parler plus
haut. Je recule devant cette extrémité funeste, et
je frète pour moi tout seul une petite voiture ouverte, traînée par un gros cheval blanc. Je pars
pour la station, avec une fabuleuse avance de
deux ou trois heures. Mon hôte me contemple
d'un air ébahi.

Je ne me suis pas trompé lorsque je m'attendais à trouver quelque chose en route. Voici sur
mon chemin un gracieux petit village, groupé
autour de l'église et de son clocher. Je ne veux
pas compter les maisons : ce serait trop vite fini.
L'église est construite dans le style italien : elle
ne mérite pas qu'on en parle. Par un de ces
anachronismes qui vous font frémir, un architecte égaré a fait placer à l'entrée du chœur une
ample barrière en fer forgé, du plus pur style

gothique ; c'est l'imitation visible de Sainte-Clo-
tilde de Paris. J'en admire beaucoup les dessins
capricieux ; mais je songe à l'étrange contraste
de ces deux arts et de ces deux manières ainsi
mises en présence.

La porte latérale donne sur un de ces cime-
tières de campagne que j'aime tant. Je suis
l'une après l'autre toutes ces tombes. Elles ne
sont pas nombreuses ; il en est peu qui portent
des inscriptions, encore moins qui s'abritent
sous une pierre. Je pense à ces morts inconnus
dont la place n'est marquée après eux que par
un faible soulèvement du terrain ; ils n'ont
pas même de croix pour abriter leur front.
C'est là que je me sens retenu. Quelles espérances et quelles joies sont venues s'engloutir
dans ce petit coin de terre ? Combien de larmes
y a-t-on versées ? Quelle âme a pris de cette
obscure couche, son vol éclatant vers le Ciel ?

Tout au milieu du cimetière s'élève une croix
en pierre dure, d'un travail rude mais d'une
pensée exquise.

Au pied de l'instrument du supplice, la
sainte Vierge est assise, le corps de son Fils
sur ses genoux. L'artiste n'a point songé à la
résurrection si prochaine ni à la vie impérissable
qu'enveloppait la dépouille de l'Homme-Dieu. Le

cimetière c'est le champ du repos et l'asile de la mort ; aussi le sculpteur a-t-il donné à ce cadavre tous les aspects de la dissolution et de l'anéantissement ; les membres sont amaigris d'une façon affreuse, la figure est décomposée, comme si elle eût longtemps dormi sous les étreintes de la tombe. Marie serre sur son cœur palpitant ce corps inanimé, tout prêt à disparaître aux regards humains ; sa pensée, toutefois, se réfugie dans les promesses de l'avenir : elle lève les yeux vers le ciel, et, tenant son Fils entre ses bras, cette mère oublie de le regarder. Je ne me souviens pas d'avoir vu ce mouvement, ni conçu, ni exécuté nulle part, comme dans l'humble cimetière du village de Saint-Étienne.

Ici se termine mon voyage, car je veux rentrer à Paris le samedi soir. Je dois, pour être sincère, ajouter un dernier mot. Je viens de lire mon récit à un homme d'esprit qui a beaucoup voyagé en Normandie : il prétend que mes impressions sont un peu exclusives, et que je ne devrais pas engager dans mes jugements le reste du pays, sur l'échantillon que j'en ai vu. Je me rends à la justesse de cette remarque. J'y retournerai une seconde fois et je compléterai ainsi mes souvenirs.

LES EAUX DU MONT-DORE

———

Je voudrais, à mon retour des eaux du Mont-Dore, faire connaître rapidement à mes lecteurs le chemin qui y conduit, la vie qu'on y mène, les principales excursions qu'on y peut faire.

I

CHEMIN DU MONT-DORE.

Il y a trois routes pour se rendre au Mont-Dore : l'ancienne, la nouvelle, et une troisième qui passe pour être abandonnée. C'est naturellement la plus belle et la plus courte des trois; c'est celle-là que j'ai prise.

Il va sans dire que mon point de départ est

Clermont-Ferrand, chef-lieu du département du Puy-de-Dôme. Je compte, en revenant, y faire un séjour de quelques heures et vous raconter ce que j'y aurai vu.

De Clermont à la Croix-Morand il y a bien six heures de marche, malgré les efforts de deux vigoureux chevaux. Pendant tout ce temps, on ne cesse pas une minute de monter. C'est seulement à partir du sommet de la Croix-Morand qu'on descend sur le Mont-Dore.

Le premier village qu'on rencontre, en sortant de Clermont-Ferrand, est le petit bourg de Chamalières ; c'est en quelque sorte l'un des faubourgs de la ville. La route qui le traverse suit à peu près la ligne qui sert à figurer un *e* majuscule dans l'écriture cursive. Ajoutez-y cette circonstance que le chemin, fort large avant et après le village, s'y rétrécit et s'y étrangle tout à coup. Aussi ne suis-je point étonné d'apprendre qu'un arrêté de M. le maire défend aux voitures d'opérer cette dangereuse traversée autrement qu'au pas des chevaux. C'est sans doute là un acte de bonne administration, mais il y aurait à faire quelque chose de plus naturel et de plus simple : ce serait d'élargir le chemin.

Je profite de ce ralentissement forcé pour faire arrêter la voiture devant la porte latérale de l'église, la porte principale étant, comme il arrive souvent en Auvergne, entièrement obstruée et impraticable. Le monument est aussi gracieux à l'extérieur qu'effroyable au dedans. Autant j'admire ces dômes étagés d'après les meilleures règles du style roman, autant je suis épouvanté du badigeon couleur jaunâtre dont on l'a défiguré au dedans. En sortant, je remarque, avec quelque surprise, que la plus haute plate-forme du clocher est surmontée de grands sapins verts. Ces arbres, qui paraissent sortir de la pierre et balancent aux vents leurs cimes touffues, arrêtent et étonnent le regard. On m'apprend que cette décoration est destinée à célébrer une fête locale. Il serait à désirer que cet usage pittoresque trouvât des imitateurs.

De Chamalières, on monte jusqu'aux eaux de Royat. L'établissement est situé entre la ville de Clermont et le village de Royat. Vous pouvez vous y faire montrer une source qui débite mille litres d'eau par minute. Elle sort en bouillonnant du fond d'une espèce de réservoir, et elle n'a qu'à traverser la route pour remplir les baignoires de l'établissement. Chaque malade est tout entier plongé dans de l'eau minérale pure ; bien mieux, il se trouve placé dans un véritable courant. Un robinet toujours ouvert amène sans cesse de l'eau nouvelle, tandis que le trop-plein découle par un orifice qui maintient ainsi l'eau du bain à un niveau constant.

Il faut avoir visité, comme je l'ai fait, les autres stations d'eaux thermales pour se faire une idée de l'importance qu'offre cette disposition au point de vue du traitement médical. Allez, par exemple, à Vichy, vous enquérir de la quantité d'eau naturelle mêlée à votre bain. C'est à ce point que le service des douches a dû être suspendu pour les autres malades lorsque l'Empereur a pris sa douche, afin de pouvoir la lui donner avec de l'eau minérale pure. Il y a tel établissement de bains, à la Bourboule, par exemple, où l'on en est à souhaiter de n'avoir pas de nouveaux arrivants, et où l'eau manque, pour ainsi dire, non pas seulement aux baigneurs, mais aux buveurs.

J'aperçois dans la plaine au-dessous de moi les deux petits villages de Beaumont et d'Aubières. Je recommande à quiconque s'occupe d'économie politique d'y faire une excursion en revenant du Mont-Dore. Il pourra y étudier sur place l'effet de la rapidité des communications sur l'accroissement de la richesse agricole. Depuis que l'Auvergne est sillonnée de chemins de fer, il arrive simultanément deux choses : c'est d'un côté que l'agriculture s'y perfectionne et produit à meilleur compte, et en second lieu que le prix des denrées alimentaires s'y élève avec une grande rapidité. Ces deux phénomènes sont, l'un et l'autre, tout à l'avantage du paysan. De là, sous le toit du cultivateur, une richesse et une aisance dont on ne saurait se faire aisément une idée. Il n'est pas rare de voir des paysannes porter des robes de moire antique et des tabliers de velours broché avec les rubans assortis. Ces costumes reviennent vite à sept ou huit cents francs, sans compter les bijoux, les rubans et les dentelles. Je vous en parle avec connaissance de cause; j'ai assisté, il y a un mois, à la fête de Nonans, tout à côté de Durtol, dans la direction du Puy-de-Dôme, et j'y ai vu de mes propres yeux les costumes dont je vous parle.

Je commence à perdre de vue la grande plaine de la Limagne. Cette vaste étendue de terrain, bornée à l'horizon par les montagnes bleuâtres du Forez, reproduit chez nous la fertilité du célèbre Delta du Nil. Le sol ne se décourage jamais d'enfanter une récolte nouvelle; il ne demande pas d'engrais, et presque pas de travail. Ce serait un paradis terrestre si l'humidité, qui résulte des mille ruisseaux descendus de tant de montagnes, n'y produisait parfois ces fièvres de marais, terrible rançon payée par la vie des hommes aux sourires de la nature.

Je rencontre sur mon chemin un petit village, et à l'entrée de ce village, sur le point culminant de la hauteur qui le domine , une rotonde peu élevée surmontée d'une croix. Cette construction repose sur une terrasse en maçonnerie, à laquelle on parvient par un escalier noir en lave volcanique. Deux Chimères, d'un travail hardi et primitif, semblent en garder l'entrée.

Ce monument est un tombeau élevé par sa veuve à la mémoire de M. Gonod, jadis professeur de rhétorique au lycée et bibliothécaire de la ville de Clermont-Ferrand. Ce nom n'est point sans une certaine notoriété dans le monde littéraire. On doit à M. Gonod la publication des *Grands jours d'Auvergne*, manuscrit inédit de Fléchier, œuvre digne de l'esprit, mais non point de la gravité du futur prélat. Aussi M. Gonod a-t-il été en butte à quelques brochures violentes, qui ont troublé les dernières années de sa vie. C'est à d'influence et aux conseils de M. Gonod que nous devons l'admirable ouvrage de M. Ampère sur la classification des sciences. Ce livre a été composé à Clermont, et il a été dicté presque tout entier pendant les longues insomnies du savant académicien. Au milieu des nuits, M. Ampère appelait tout d'un coup son ami, qui lui servait de secrétaire : « *Gonod, je vous en prie, levez-vous; j'ai une idée que je vais perdre.* » Quand le soleil inondait la chambre de ses rayons, Ampère finissait par s'apercevoir qu'il était grand jour et qu'il avait oublié de dormir.

II

Après avoir fait environ une heure de chemin, on arrive au petit village de Randanne, situé en face d'un haut sommet qui porte le même nom. C'est là que se trouve un château plus célèbre par le nom qu'il rappelle que remarquable par l'aspect qu'il offre. C'est le château du fameux comte de Montlosier, l'auteur du *Mémoire à consulter contre les jésuites.*

Rien de plus imprévu que la façon dont ce petit castel s'offre à la vue. La voiture qui vous conduit s'arrête d'ordinaire auprès d'une ferme, située un peu plus loin. Cette ferme a été transformée, pendant la saison du Mont-Dore, en une espèce d'hôtellerie. J'y trouve réunies jusqu'à sept calèches ou berlines qui y ont fait halte à la

fois. L'accueil qu'on y reçoit est aussi cordial que
misérable. Je comprends et je partage la répu-
gnance avec laquelle plus d'une dame vêtue de
velours et de soie porte à ses lèvres la fourchette
de bois ou de fer que la servante du lieu met à sa
disposition. Le luxe est loin d'être parvenu dans
ces contrées.

Pour se rendre au château, il faut revenir sur
ses pas et suivre la vaste lisière d'un bois de haute
futaie qui s'étend et s'élève à perte de vue. Vous
arrivez à une espèce de chemin dépavé qui se
perd dans un immense fumier et va se heurter
contre la voûte informe d'un réservoir grand
comme la place d'un village. Cette voûte est à
fleur de terre ; elle est surmontée d'un puits et
d'un appareil de cordes des plus primitifs. Re-
tournez-vous vers la gauche, vous êtes arrivé :
c'est là le château.

Je me suis servi jusqu'à présent par pure politesse du mot *château*, lequel n'a absolument aucun rapport avec ce que j'ai sous les yeux. Ce
prétendu *château* n'est autre chose qu'une maison
de campagne d'assez bonne apparence, avec deux
ailes en retour, et une espèce de petite tourelle
sculptée, renfermant un assez médiocre vestibule.
L'ameublement des différentes pièces qu'il renferme est tout à fait en harmonie avec cette sim-

plicité extérieure. Aussi, à peine m'a-t-on ouvert deux ou trois portes, que je me hâte de renoncer à une plus ample visite. La vue des fauteuils et des chaises en damas de laine rouge n'éveille en moi d'autre souvenir que celui d'un hôtel garni.

Derrière la maison s'étend à perte de vue le bois immense dont j'ai entrevu déjà les longues perspectives : il remonte la plus haute cime de la montagne, redescend à droite et à gauche les dernières profondeurs des vallées, et semble dé-fier par son immensité le courage du visiteur le plus robuste. Je gravis, sous la conduite d'une femme de service, les premières pentes seulement, et je me trouve en face du tombeau qui renferme les restes de M. de Montlosier. Je ne puis ni ne veux entrer dans les détails ou dans l'appréciation de cette vie ardente qui a soulevé tant d'orages. Au milieu de ce calme des bois, devant cette tombe solitaire et mélancolique, je me sens involontairement porté à oublier les souvenirs irritants des luttes politiques et religieuses. Ce n'est point sans une émotion profonde que je lis, à la lueur de la lampe qui éclaire seule l'obscurité du monument, ces paroles saisissantes, disposées comme une auréole autour du signe du salut :
« *C'est une croix de bois qui a sauvé le monde.*»

Pour arriver au Mont-Dore, nous avons encore

à gravir et à traverser le fameux passage de la
Croix-Morand. Je n'ai jamais voyagé dans les
montagnes du Liban, ni traversé les défilés pé-
rilleux de l'Atlas. Je doute que l'aspect en soit
plus saisissant, je dirai même plus formidable.
Il n'est pas d'hiver qui n'y soit marqué par quelque catastrophe ; chacune des pierres blanches
que vous voyez se dresser sur les bords du chemin, est un souvenir de quelque malheureux
surpris par la tourmente ou enseveli dans la neige.
Pendant que votre conducteur vous raconte
ces lugubres histoires, vous vous sentez saisi,
malgré la chaleur des jours caniculaires, par le
vent glacial des hautes montagnes : le bleu du
ciel pâlit ; aussi loin que la vue peut s'étendre
vous n'apercevez que des sommets arides et nus,
le long desquels descendent en longues arêtes
des flots de lave noire. Le soleil, déjà un peu des-
cendu à l'horizon, les colore de lueurs étranges :
ce sont des reflets fauves et métalliques. On dirait
que ce courant de feu va reprendre son cours un
instant suspendu. J'ai vu bien des montagnes
dans ma vie ; jamais je n'avais rien rencontré de
pareil. On a beau faire, l'imagination rallume
ces volcans assoupis, et lorsque les derniers feux
du jour couronnent d'un éclat inattendu ces
crêtes sombres, on se demande, malgré soi, si la

terre qu'on foule est bien immobile sous vos pieds, et si ces montagnes gigantesques sont bien solides sur leur base.

III

Nous arrivons au village du Mont-Dore par une pente rapide que nos chevaux des montagnes descendent au grand trot. J'ai souvent plaisanté comme les autres sur le plus ou moins d'efficacité que peuvent offrir les eaux thermales dans le traitement des maladies. Il faut avouer, cependant, que pour venir ainsi s'ensevelir tout vivant dans ce recoin perdu des montagnes, et pour y supporter le traitement auquel on vous soumet, il est bien nécessaire d'avoir la foi. Je n'ai rencontré nulle part ailleurs un aussi grand luxe de prescriptions médicales : bains, douches, aspirations, breuvages, etc. Il y a tel baigneur auquel son traitement quotidien ne réclame pas moins de cinq ou six heures d'occupation.

En arrivant au Mont-Dore, je demande, comme partout, *la liste des étrangers*. Il est presque impossible, sur la quantité de ceux qui prennent

les eaux, de ne point rencontrer le nom de quelque connaissance, ou tout au moins de quelqu'un
dont on ait entendu parler. J'apprends avec étonnement que, malgré le grand nombre de visiteurs,
il n'y a point de *liste des étrangers* au Mont-Dore.
Je me rends à l'établissement thermal, et là on
refuse de me communiquer les noms des personnes
inscrites. Il me faudrait, pour obtenir le renseigne-
ment que je cherche, aller jusque chez le commis-
saire de police. Je recule devant cette extrémité.

On m'a expliqué plus tard pourquoi il ne se
publie point ici de *liste des étrangers*. La plupart des maladies pour lesquelles on se rend
au Mont-Dore sont fort graves, quelquefois mor-
telles. On y vient chercher souvent, bien moins
une guérison assurée, qu'un soulagement tempo-
raire à des maux parfois incurables. Il y a plus
d'une héritière et plus d'un fils de famille qui se
trouveraient médiocrement flattés de figurer
sur l'imprimé à côté de ce qu'on appelle aux eaux
les grands malades.

Le village du Mont-Dore n'a pris encore qu'à
moitié les allures de la civilisation, Il est loin de
ressembler, comme Vichy par exemple, à un frag-
ment découpé de l'un des quartiers aristocratiques de Paris. La plupart des hôtels, malgré le
luxe qu'ils affichent à l'intérieur, ont conservé

certaines allures du bon vieux temps, et je ne sais quelle physionomie d'auberge. Ces toits pointus, ces étages extrêmement bas et ramassés sur eux-mêmes, ces larges perrons de pierre où l'on monte par plusieurs marches, ces grosses sonnettes pendues au dehors à des potences en bois, tout cela ne ressemble guère aux hôtels de la rue de Rivoli et des Champs-Élysées. Ajoutez-y, à chaque pas, de véritables cabanes de paysans, avec leur toit de chaume et leur péristyle de fumier. Il y en a jusque sur la promenade principale et jusqu'en face du *café de la Rotonde*, où se rendent matin et soir les buveurs de chaque hôtel.

Le Mont-Dore est une des rares stations thermales où il n'y ait ni salon, ni bal, ni concert, ni même un lieu quelconque de réunion ou de rendez-vous. On me raconte que jadis il n'en était point ainsi, et j'ai visité moi-même, dans l'établissement, une très-belle galerie, formant salon, convenablement meublée et contenant à l'une de ses extrémités un orchestre tout prêt pour les contredanses. Ce vaste appartement est aujourd'hui condamné à servir tristement de cabinet de lecture. J'ajouterai un détail bizarre, et que, malgré mes efforts, mon intelligence se refuse à comprendre. Le règlement de ce cabinet littéraire dispose que toute personne non abonnée pour

la saison, n'aura, à aucun prix et sous aucun
prétexte, le droit d'y pénétrer. C'est se soucier
fort peu des étrangers que la simple curiosité
peut avoir amenés, comme moi, au Mont-Dore.
Il n'est pas rigoureusement nécessaire d'être malade et d'avoir à subir un traitement pour visiter
l'un des pays les plus pittoresques et les plus ori-
ginaux de la France entière.

IV

Je visite d'abord l'établissement des eaux. Il se
compose de deux vastes bâtiments, qui occupent
deux des côtés de la grande place. L'un est consacré au service des salles d'aspiration; l'autre,
aux bains, aux douches, à l'administration des
eaux sous forme de breuvage. Ils ne laissent absolument rien à désirer sous le rapport médical.
Le docteur Bertrand, qui les a installés, était
plus qu'un grand médecin ; c'était, dans toute
la force du terme, un homme de génie. C'est à
sa haute direction et à sa vigilance attentive qu'on
doit les traditions sévères établies aux eaux du
Mont-Dore. Il y gouvernait en maître absolu,

et sa volonté souveraine ne rencontrait aucune opposition dans toute l'étendue de son empire. Un médecin autorisé, et dont la parole est un oracle, a, comme les despotes de l'antique Orient, le privilége de rendre des arrêts *sous peine de mort*. Chaque soir, à l'heure des repas ou des veillées, le docteur Bertrand parcourait les rues du village, comme le calife Haroun-Al-Raschid. Il apparaissait à la porte du festin, semblable à la statue du Commandeur. Il venait constater par lui-même qu'aucune entrée trop fortement épicée n'avait figuré au premier service ; que la moutarde n'avait point paru sur la table ; qu'aucune salade n'avait été demandée par les convives ; enfin, qu'aucune assiette de fruits n'avait fait de tentative séditieuse d'apparition au dessert. A dix heures moins un quart, un impitoyable couvre-feu résonnait d'un bout à l'autre du Mont-Dore ; et l'infatigable docteur Bertrand venait constater par lui-même qu'en effet les portes étaient closes, les lumières éteintes et les voyageurs endormis.

Aujourd'hui, toutes ces sévérités sont bien passées de mode. Par les fenêtres des hôtels qui bordent la place, je vois ruisseler des guirlandes de lierre, mêlées à de blanches draperies ; chacun prépare son petit bal du soir. Il est entendu toutefois

qu'on ne doit point recommencer la toilette de la
journée. C'est à peine si quelques dames prennent le soin de remettre leur chevelure en ordre.
Pour moi, qui arrive de Vichy et qui suis encore
tout ébloui des magnificences impériales, je
trouve que, par un contraste piquant, ces toilettes agrestes et chiffonnées ne manquent pas de
charme, et que la musette des montagnes se laisse
entendre, même après l'orchestre de Strauss et de
Bernardin. Quant à la bourrée d'Auvergne, cette
danse qui nous paraît si gauche alors que nous
la voyons exécuter à Paris par notre charbonnier
et notre porteur d'eau, elle m'a semblé, dans le
salon de mon hôtel, pleine de caractère et de
grâce ; elle rappelle tout à fait, avec des mouvements un peu moins vifs, le fandango des Espagnes.

Je reviens à l'établissement des bains. J'ai parlé plus haut du soin tout particulier avec lequel
on évite de publier au Mont-Dore la liste des malades. Je remarque avec étonnement que cette
sage précaution se trouve complétement détruite
par le soin qu'on a pris d'afficher ostensiblement,
à la porte de chaque baignoire, le nom des personnes qui s'y succèdent aux différentes heures
de la journée. Vous pouvez ainsi choisir, en con-
sultant les listes, le nom de la personne après

laquelle vous voulez venir. Cet usage, je l'avoue, me paraît médiocrement délicat et médiocrement agréable. Je n'éprouverais pas précisément le besoin de faire savoir à tout le monde combien je prends d'heures de bains ou de minutes de douches.

L'établissement présente cette disposition bizarre, que les bains ont été logés à la hauteur d'un premier étage. On y parvient par un escalier à double rampe, tournant à droite et à gauche sur un palier carré ; d'un côté l'on monte, et de l'autre on descend. Je suis un peu étonné d'y voir circuler des chaises à porteur. Les robustes montagnards qui sont chargés de ce service montent et descendent ces hautes marches avec une rapidité qui me fait frémir pour le fardeau humain qu'ils transportent dans leur boîte de sapin vernis. C'est la chaise à porteur réduite à sa plus simple expression. Je suppose qu'on en a de particulières pour les hommes un peu gros. Tandis que dans les autres stations thermales une partie de la chaise est recouverte d'étoffes mobiles, qui jouent et laissent pénétrer l'air du dehors, la température vive et piquante du Mont-Dore a imposé à la santé des baigneurs ces gaînes étroites, à peine éclairées à l'intérieur par deux petites vitres, qui ressemblent à deux

gros yeux, et où ne pénètre aucun souffle dangereux du dehors.

Le rez-de-chaussée du monument, incompara-
blement plus commode que le premier étage, a été
réservé aux pauvres gens. Ils y sont très-convena-
blement installés, et ne sont point réduits, comme
à Vichy, à s'asseoir sur des chaises de paille dont
il ne reste plus que les barreaux, ou à se défendre contre les regards de leurs voisins et les
atteintes de l'air à l'aide d'un mauvais rideau
percé.

Le nombre de baignoires disponibles dans
tout l'établissement est fort restreint : il n'est
aucunement en harmonie avec le nombre des
malades et la quantité des bains administrés.
Il en résulte qu'on vous assigne quelquefois des
heures véritablement fabuleuses. J'ai pour voisine, à la table d'hôte, une jeune fille de dix-
huit ans, assez gravement indisposée. Elle est
obligée, ainsi que sa mère, de se lever tous les
matins à deux heures et demie après minuit afin
de prendre son bain à trois heures. Après le bain
viennent les salles d'aspiration, où l'on séjourne
en moyenne deux heures. Après les salles d'aspiration, les bains de pieds. Je m'arrête, car j'ai
peur de refaire, sans le vouloir, le premier mo-
nologue du *Malade imaginaire*.

Les heures du matin sont, comme partout, les heures aristocratiques. A partir de une heure, et pendant toute l'après-midi, l'établissement ne reçoit plus guère que des mendiants. On les voit, à l'heure où les chevaux piaffent sur la grande place, où les calèches s'envolent par tous les chemins, on les voit arriver à pied, enveloppés dans de vastes couvertures de laine et la tête recouverte d'un ample bonnet de coton. Ils ne prennent point la peine de se vêtir ; ils n'ont qu'à rejeter les draperies qui les couvrent pour être prêts à se mettre au bain. Ces pauvres gens ne se décident à partir pour le Mont-Dore que gravement malades. L'étrange costume dont ils s'affublent, leur démarche incertaine, leurs traits amaigris, forment un étrange contraste avec les dames empanachées qui les coudoient pour monter en selle, et qui semblent avoir oublié pour leur excursion du soir toutes leurs maladies du matin. Comme il fait généralement doux dans l'après midi, les pauvres se trouvent dispensés d'avoir recours à la chaise à porteur pour rentrer chez eux.

Au rez-de-chaussée se trouve une vaste estrade en pierre, à laquelle on monte par deux ou trois marches. Au milieu de cette estrade se creuse un petit bassin en pierre, assez semblable aux jets d'eau de moindres dimensions qui se trouvent aux entrecroisements des allées dans le parc de Versailles. C'est dans ce vaste bassin que tous les pauvres, hommes et femmes, viennent ensemble prendre, durant toute l'après-midi, un bain de pieds commun. C'est là qu'il faut venir pour observer la physionomie morale du paysan de l'Auvergne. Toute cette foule a le courage de demeurer silencieuse et immobile durant des heures entières. Ils posent leurs mains sur leurs genoux, fixent leurs regards sur les voûtes de pierre : puis, comme des statues, ils restent là jusqu'au bout, sans qu'aucun des plis de leurs vêtements se dérange, sans qu'il se prononce une parole, sans qu'on entende le son de la voix humaine. Je croyais d'abord que ce silence leur était imposé par l'administration : je me trompais. Ce n'est pas autre chose que le résultat de leur taciturnité naturelle. Ils sont un peu comme les Bretons qui s'asseyent en face l'un de l'autre sur les deux côtés opposés du chemin, et qui n'ont pas l'idée de le traverser pour se trouver ensemble et causer à leur aise.

V

Je n'ai fait que deux excursions au Mont-Dore : l'une à la Bourboule, l'autre au château de Murol.

Si je voulais décrire ce que je n'ai pas vu, je n'aurais que l'embarras du choix entre les récits des voyageurs et les *Guides* à l'usage des touristes. J'ai même remarqué, chose étrange ! que beaucoup d'hommes racontent plus agréablement d'après autrui que d'après eux-mêmes ; ils sont comme ces peintres inexpérimentés, capables de faire une-assez bonne copie mais impuissants à créer un original. Quoi qu'il en doive être de mon récit, il faudra que le lecteur se contente de ce que j'ai vu et de ce que j'ai senti.

La Bourboule est un tout petit village, ou plutôt un amas informe de quelques maisons; on n'y trouve que des scieries de planches et quelques modestes auberges à l'usage des baigneurs. Mais le nombre de ces derniers est excessivement restreint. En outre, comme la Bourboule n'est située qu'à un petit nombre de kilomètres de l'établissement du Mont-Dore, la promenade ordinaire d'un homme bien portant, comme il y a un service d'omnibus régulier, beaucoup de personnes aiment mieux habiter le village du Mont-Dore. Il leur faut quelque chose comme une heure ou une heure et demie pour se rendre à la Bourboule ; elles y prennent leur bain, elles y déjeunent, elles en reviennent. Quelle bonne fortune de pouvoir ainsi se débarrasser chaque jour d'un si grand nombre d'heures ! Une autre raison encore détourne les malades de s'installer à la Bourboule. Ces eaux sont renommées pour certaines maladies de la peau, qu'on est médiocrement flatté de subir et d'avouer. Comme les rendez-vous d'excursion sont très-nombreux dans la direction de cette vallée, plus d'un malade fait semblant chaque matin de prendre les eaux du Mont-Dore, et s'en va ensuite chercher à la Bourboule sa véritable guérison.

J'ai amené avec moi de Clermont-Ferrand une voiture à deux chevaux. J'ai fait marché pour la garder ici durant tout le temps de mon séjour. Je recommande cette méthode à tous ceux qui pourront se rendre au Mont-Dore dans le but de s'y promener. S'ils ont négligé de prendre cette précaution, ils seront réduits, en dépit qu'ils en aient, à venir eux-mêmes en personne choisir et marchander leurs voitures et leurs chevaux, chaque matin du jour où ils voudront sortir. La ténacité mercantile des Auvergnats est devenue proverbiale. S'il fait mauvais temps, vous trouverez aisément plus de ressources équestres qu'il n'en faudrait pour monter un escadron de cavalerie ; s'il fait beau, vous en serez réduit à faire la cour à Sancho Pança pour lui emprunter son âne.

Je vous préviens encore d'une autre observation qui vous sera faite. Votre cocher ne vous parlera que de fondrières et de routes impraticables. Sous le prétexte que telle cascade ou tel point de vue sont complétement inaccessibles à une voiture, *il ne se fera pas prier pour vous descendre au milieu du chemin le plus uni et le mieux empierré.* Soyez tranquille, et sachez d'avance qu'au premier coude, derrière le second ou le troisième buisson, vous allez trouver toute une escouade de guides et de porteurs, amplement pourvus de grands fauteuils en velours rouge. Ces fauteuils sont embrochés à droite et à gauche par de longues barres de bois au moyen desquelles on les porte. Vous rencontrez ainsi des compagnies tout entières de braves gens qu'on transporte par les chemins et qui s'en vont continuant à leur aise la conversation qu'ils avaient commencée sur le canapé de leur salon, après leur whist du matin. S'il vous prenait fantaisie de faire l'excursion à pied, on ne manquera pas de vous recommander

de prendre un guide. Pour moi, qui me suis
souvent perdu dans les rues de Paris, je ne saurais venir à bout, avec la meilleure volonté du
monde, de m'égarer dans ces montagnes ; leurs
contours sont si nettement dessinés, leur physionomie si originale et si particulière, leur aspect
si frappant et si individuel, que, pour les avoir
vues une seule fois, je les sais pour ainsi dire par
cœur. L'inclinaison des pentes, le mouvement
des bois, la direction du soleil, la pente des eaux,
la nuance de la verdure, tout m'indique mon
chemin, et il me semble que je comprends, pour
la première fois, ces hardis pionniers dont Feni-
more Cooper nous a raconté la vie aventureuse.

La vallée qui conduit à la Bourboule est toute
peuplée de ruisseaux ; ces ruisseaux s'y précipitent par les montagnes de droite et de gauche,
à travers les forêts de sapin et par-dessus les blocs
de lave. La grande route, car elle mérite ce nom,
est située sur la droite. La montagne qui, en
face de vous, forme, en se prolongeant, le côté
gauche de la vallée, offre aux regards un aspect
aussi bizarre que pittoresque. Le sommet en est
entièrement couvert par la verdure sombre des
sapins ; et comme l'éloignement efface leur hauteur, on dirait que ces hautes cimes ont été recou-
vertes d'un tapis noir, posé par en haut sur le

gazon d'un vert tendre et frais qui garnit le pied des hauteurs.

Dans la vallée et sur le bord des courants d'eau, nous apercevons les cadavres de grands arbres nouvellement abattus et écorchés. Je ne saurais rendre autrement l'impression pénible que me font éprouver ces troncs blancs et vigou-reux, attaqués en pleine séve, vaincus et mis à mort par la main et pour les besoins de l'homme. Un amas de planches dans la boutique d'un charpentier n'éveille dans mon esprit, lorsque je passe dans les villes, aucune association d'idées qui me reporte aux grands spectacles de la na-ture. Ici, au contraire, en présence de ces forêts vivantes et debout, le bruit de la hache qui frappe et le fracas de l'arbre qui tombe me font songer à un combat. Il faut sans doute que la nature phy-sique succombe; mais, malgré moi, au milieu de ces montagnes, de cet air et de ce soleil, cette victoire m'émeut et me trouble; je ne puis sans quelque douleur entendre le premier cri de la scie, alors qu'elle entame les robustes flancs de cet enfant des montagnes.

On m'explique à l'établissement de la Bour-boule que les travaux de *captage* ne sont point encore achevés. On entend par là le sondage et les constructions intérieures, les revêtements et

les maçonneries à l'aide desquels on appelle la
source au dehors et on s'en empare pour les besoins du service médical. On n'a point encore eu
l'idée de construire, comme à Vichy, d'immenses
réservoirs, où l'accumulation des eaux pendant
l'hiver supplée à leur insuffisance pendant l'été.
Il en résulte que les propriétaires de l'établissement sont obligés, à la Bourboule, d'être particulièrement avares de leur eau, et qu'ils sont plus
disposés à renvoyer qu'à attirer ou à recueillir les
malades.

Quoique l'établissement soit extrêmement petit, on y peut distinguer la partie neuve et la partie ancienne. La partie neuve se compose de cabinets semblables à ceux que l'on voit partout.
La partie ancienne se compose essentiellement
d'une vaste salle, tout autour de laquelle ont été
ménagés des compartiments ouverts, assez semblables aux boxes des chevaux dans une écurie,
quoique moins profonds. Un rideau flottant, et
qui ne descend point jusqu'à terre, a pour mis-
sion de dérober aux regards le malade qui prend
son bain, ou procède à l'opération de se vêtir et
de se dévêtir. Il y a peu d'années encore, tout le
monde était obligé, à la Bourboule, de s'en tenir
à cette salle commune, puisqu'il n'y avait aucun
refuge où l'on pût se baigner isolément. Il semble

que l'établissement de cabinets séparés dût être regardé comme un bienfait et comme une conquête de la délicatesse. Le croirait-on ? les habitués de l'ancien ordre de choses soulevèrent des réclamations violentes. Ils s'accordaient presque tous pour regretter ce voisinage si favorable à la conversation, et qui leur permettait de tromper les longues heures de leur ennui journalier.

VI

En revenant de la Bourboule, on me propose de visiter plusieurs cascades qui se trouvent à peu de distance de mon chemin. Il suffit de s'écarter de la route et de gravir les pentes de la vallée où nous cheminons, pour rencontrer à droite et à gauche ces torrents d'eau qui se précipitent du haut de quelque bloc de lave. Ces cascades ont des noms tour à tour bizarres ou charmants. C'est ainsi que j'ai successivement visité la cascade du Rossignolet, celle du Plat-à-barbe, celle du Quereuilh et de la Vernière.

Le Plat-à-barbe est un immense bloc de lave qui couronne le sommet d'une petite colline. Il est dominé de plusieurs côtés par des hauteurs qui s'élèvent fort au-dessus. Ce bloc a été creusé par la nature, de façon à représenter précisément l'ustensile connu dont il porte le nom. Une échancrure, pareille à celle qui ornait l'armet de Mambrin sur la tête de don Quichotte, livre passage à un véritable petit ruisseau qui décrit une courbe blanche sur le fond noir des sapins , et va se briser en une écume brillante, au fond d'une gorge profonde , éclairée seulement par le jour d'en haut.

Une étroite corniche, en forme de rampe, a été ménagée presque au bas de la chute. De là vous voyez le bloc de lave qui déborde sur votre tête l'étroit plateau de la colline, et sous vos pieds le torrent tumultueux, qui, quelques pas plus loin, se transforme paisiblement en un petit ruisseau clair, incapable de déraciner un brin d'herbe.

Je me suis demandé souvent pourquoi les lacs et les ruisseaux ajoutaient tant au charme que l'homme peut goûter en face du spectacle tranquille de la nature. Il me semble maintenant que je démèle cette impression pour me l'être expliquée à moi-même, en face des lacs et des ruisseaux de l'Auvergne. Une jeune femme malade me parlait un jour de sa mort prochaine, avec la sérénité et le détachement qui appartiennent aux grandes âmes. « Ce que je ne peux pas me figurer, me disait-elle, c'est qu'après moi tout continuera comme s'il n'y avait rien de changé , et cependant je ne serai plus là. » Je n'ai jamais pu m'asseoir sur les bords d'un torrent, le long des longues pentes des montagnes, sans songer à cette parole mélancolique et profonde. Elle aussi, cette eau, ne passe que pour s'enfuir, et n'arrive que pour disparaître sans retour. Debout sur la rive, les grands arbres la regardent passer ; eux-mêmes retomberont sur le sol où ils ont grandi, depuis la première herbe qu'ils ont poussée : la montagne demeure immobile , toujours disposée à prêter leur lit à de nouveaux flots ou à nourrir d'autres générations de forêts.

Le lendemain, lorsqu'on me fit passer sur les rives fleuries du lac Chambon, situé sur la route du château de Murol, je me sentais gagné malgré moi par le calme et l'attrait de ces solitudes. Heureux qui pourrait retenir le torrent de ses jours, suspendre le cours de sa vie, et refléter, comme ce lac ignoré, non plus le tumulte et la mêlée des hommes, mais les grands arbres, les hautes montagnes et la paisible immobilité du ciel.

VII

Je m'aperçois que je me suis engagé déjà sur la route du château de Murol, où l'on me fit faire une excursion le surlendemain de mon arrivée au Mont-Dore. Pour s'y rendre, il faut prendre de nouveau le chemin de la Bourboule, que nous avions déjà parcouru la veille. Seulement, arrivé à une vaste grange, bâtie sur le bord du chemin et recouverte de chaume, on s'engage à droite dans une route étroite et escarpée, suffisant à peine au passage de votre voiture.

De sommets en sommets, nous rencontrons de grands troupeaux de bêtes à cornes, de moutons, de jeunes chevaux. Les bergers, enveloppés dans de grands manteaux, sont assis auprès de leur petite cabane, montée sur des roulettes. Tout à côté se trouve le grand parc, où les animaux seront rassemblés et renfermés pendant la nuit. Leur chien est étendu à leurs pieds, le museau allongé entre ses pattes. Il suit silencieusement du regard chacune des têtes de son troupeau, à mesure qu'elle s'écarte ; on dirait qu'il étudie la direction qu'elle va suivre et se demande dans quel endroit il la retrouvera au besoin.

L'homme de la civilisation est curieux et inquiet; l'homme des champs est indifférent et superbe. Tous ces pâtres devant lesquels nous passons daignent à peine jeter les yeux sur nous. Ils demeurent étendus sur le sol, ou, s'ils sont debout, il n'est pas un d'eux qui daigne faire un pas de notre côté. Nos regards sont plus curieux que les leurs. Il n'en va pas de même de leurs enfants. Quelque part que vous vous trouviez en Auvergne, quel que soit le petit garçon ou la petite fille à qui vous adressez la parole, qu'ils soient riches ou qu'ils soient pauvres, ils ne manqueront point de vous tendre la main et de vous demander l'aumône. Pour eux, la mendicité n'est point un aveu de misère ou un acte de servilité; c'est, en quelque sorte, un droit de conquête et de rançon qu'ils exercent sur l'étranger égaré dans leurs contrées : tout ce qu'ils peuvent lui arracher, qu'ils en aient besoin ou non, est de bonne prise, et ne saurait les faire rougir.

Pour nous rendre au château de Murol, nous avons à traverser les gorges du Tartaret.

Ne vous est-il jamais arrivé de visiter les restes et de parcourir le théâtre de quelque vaste incendie? Vous vous rappelez sans doute ces grands murs décharnés, auxquels pendent encore les restes mutilés des poutres dévorées par les flam-

mes ; ces pierres sculptées qui ornaient le couronnement des édifices, et qui maintenant roulent
sous votre pied, le sol recouvert de ces cendres qui
furent des maisons et des palais.

Voilà, sans aucune métaphore, le spectacle
étrange que présentent au regard les gorges profondes du Tartaret. Seulement, ici ce ne sont
point des rues ou des édifices que la flamme a
consumés ; c'est la terre elle-même qui a brûlé ;
ce sont les montagnes qui paraissent à peine re-
froidies de l'incendie immense qui s'étendait sur
leurs flancs décharnés. Les feux du soleil descendent en reflets éclatants le long de ces blocs de
lave qui se précipitent du haut des montagnes; les
cratères sont encore ouverts, les cendres encore
fraîches, les scories encore intactes. Pour peu
que l'imagination s'y prête, on se demande si ces
torrents de lave ne vont point se remettre en
mouvement, et l'on se prend à trembler pour ce
frêle village, assis au bord d'un petit lac qui, à
l'entrée de la vallée, recommence le monde des
humains.

Les souvenirs du paganisme sont encore si pré-
sents et si vivants dans l'Auvergne, que, malgré
le temps écoulé, le village a gardé le nom de la
divinité à laquelle il était consacré dans les temps
antiques. Il s'appelle *Diane*, et les habitants

vous montrent la place où furent le temple, le bois sacré. .

Vous dépassez le lac Chambon, vous le laissez à gauche, et vous débouchez bientôt dans la vallée de la Couze qui conduit aux eaux pétrifiantes de Saint-Nectaire. Là vous êtes arrêté par un spectacle digne de toute votre admiration.

VIII

Qu'on se figure, au sommet d'un roc de granit et de basalte, haut de vingt-cinq à trente mètres, et complétement isolé dans la plaine qui commence la vallée, un château immense de forme ronde, et qui continue, sans les interrompre, les dernières assises du rocher. Au premier coup d'œil, il semble que le monument et la montagne ne font qu'un seul et même tout. On cherche l'endroit où commencent les constructions; on ne le trouve pas.

Comme nous commençons à gravir le sentier qui, à travers les vignes, doit nous conduire à la poterne, nous rencontrons, assise à l'ombre d'un buisson, une bonne femme qui nous offre une notice sur le château de Murol. Cette notice est signée d'un nom honorablement connu en Auvergne, M. Mathieu, membre de l'Académie de Clermont-Ferrand. Je me souviens aussitôt d'avoir entendu prononcer ce nom à l'Académie des inscriptions et belles-lettres, où ce même auteur a reçu une mention honorable pour son livre sur les colonies romaines de l'Auvergne. Je me trouve, grâce à mon petit livret, transformé tout d'un coup en un véritable savant, et le château s'anime pour moi des souvenirs historiques qui me sont rappelés.

Avant de parler du passé, contemplons d'abord ce qu'il en reste pour le présent.

De loin, le château m'avait apparu comme une immense tour ronde. Arrivé au sommet du rocher et au pied de la muraille je m'aperçois que je m'étais trompé; il est de forme octogone; au sommet de chacune des lignes qui déterminent les huit pans, s'élancent en dehors de la muraille, et à une hauteur prodigieuse au-dessus de votre tête, huit petites tourelles, semblables aux culs-de-lampe dont on orne les vignettes. Elles sont perchées sur le vide, et se terminent en bas par de longs pendentifs en pierre sculptée.

Derrière cette immense tour, vous rencontrez comme un second château, dont les murailles de granit rose sont encore debout; bien que les pla-

fonds en soient effondrés, les voûtes des oratoires
et des chapelles conservent encore leurs peintures ; les dessus de portes, leurs frontons
sculptés ; les escaliers qui montent dans les tourelles, leurs marches solides et usées.

IX

Ce château a été bâti par Guillaume de Murol,
seigneur de Mainsat, du Broc, du Chambon, de
la Roche-Briand et de Saint-Amant. Les érudits
de l'Auvergne ont eu l'heureuse fortune de retrouver le testament de ce châtelain. Cette pièce
est écrite dans ce latin dégénéré que les comédies
de Molière ont rendu illustre.

Guillaume de Murol, né en 1348, passa la plus
grande partie de sa jeunesse à la cour pontificale
d'Avignon ; il y fut présenté par le cardinal de
Boulogne, ami de son père, et le jour où il y fut
reçu chevalier, il eut pour parrain le cardinal
d'Embrun. Il devait ces hautes protections à son
oncle, le cardinal de Murol, qui ne cessa de
veiller sur lui.

Les temps où vivait Guillaume étaient bien
durs. « Quand je devins seigneur de Murol, dit-

« il, j'avais environ vingt-neuf ans, et je n'ai pas
« eu le bonheur dans ma terre sinon pendant
« environ dix ans, parce qu'elle a toujours été en
« guerre, comme on peut le savoir par les gens
« du pays... Je suis resté seigneur de Murol, sans
« aucune amélioration de cette terre, à cause des
« Anglais qui ont occupé pendant onze ans les
« forteresses dans notre pays. »

Guillaume de Murol nous donne, dans son
testament, des informations exactes sur le per-
sonnel, le revenu, le mobilier de son château.

Ce vaste château ne renfermait que quatre
personnes : un garde, que le seigneur de Murol
appelle, dans le latin du *Malade imaginaire*, un
capitaine, *capitaneum ;* un portier, *porterum ;* un
ânier, *asinarum*, enfin une servante. Le château
faisait bien de se défendre par lui-même et par
sa position à peu près inexpugnable ; la garni-
son ordinaire n'était pas, comme on le voit, très-
considérable.

Cette humble domesticité était tout à fait en
harmonie avec les revenus de la baronnie de
Murol ; le budget de ses recettes, d'après les
comptes authentiques insérés dans le testament, ne
s'élevait pas, chaque année, au-dessus de 40 francs,
soit environ 600 fr. de notre monnaie actuelle.
Sur ces 40 francs, Guillaume était obligé d'en

donner 20 au capitaine, et sur le reste il lui fallait payer la servante, l'ânier et le portier. Je ne m'étonne pas qu'avec de pareils revenus Guillaume n'ait pas été, la plupart du temps, très-muni d'argent comptant. La plus grande avance qu'il ait jamais eue est une somme de 60 francs. « Encore, ajoute-t-il, nous ne demeurâmes pas longtemps ensemble. »

Ce fut cependant ce même Guillaume, si mal pourvu du côté de la fortune, qui osa entreprendre de rebâtir de fond en comble son manoir, et de faire élever, sous sa direction, l'immense château dont les ruines seules recouvrent toute la montagne.

Il utilisa à cet effet une somme de 360 fr., soit 5,400 francs de notre monnaie, laquelle somme lui était due par Jeanne de Vichy, dame de Saint-Georges-l'Olière, pour des droits qu'il avait sur cette terre et qui avaient dû former un arriéré.

Madame de Vichy se libéra de cette somme entre les mains de Guillaume de Murol, ainsi que l'atteste une quittance de ce seigneur du 10 octobre 1412, insérée dans le texte du testament. Je signale ici aux philologues une particularité curieuse. Le texte de cette quittance est rédigé en langue romane, c'est-à-dire dans le langage du temps, lequel ressemble à s'y méprendre au patois auvergnat de nos jours, absolument comme la langue d'oc, employée par les troubadours, se retrouve encore dans les dialectes populaires de notre Provence. Guillaume prie ses futurs lecteurs de ne point s'étonner s'il a rédigé cette quittance en roman : *Item, volo quod non mirentur audientes qui posui in romansio.* Il a d'ailleurs la précaution d'ajouter à la marge du manuscrit cette note écrite de sa main, à l'adresse du copiste qui devait le remettre au net : *Je veuil que soit mis en latin.*

Madame de Vichy ne paya point en numéraire la totalité de cette grosse somme de 360 francs; elle en acquitta une partie en provisions de blé et de vin qui servirent à nourrir les ouvriers employés à la construction du château. Le solde fut payé en argent, entre les mains de messire Amblard, doyen du chapitre de Brioude, lequel Amblard était le propre frère de Guillaume. Enfin, nous dit le testament, toutes ces sommes finirent par arriver entre les mains de Pierre Céléirol, architecte du manoir : *Que somme habuit dominus Petrus Celeirol pro faciendo edificium castri Murolii.*

Je ne veux point entrer dans le détail de l'inventaire, bien qu'il soit plein de renseignements

curieux sur le mobilier dont se contentait un seigneur au moyen âge. On y trouve tout au long le
nombre des lits, des coussins, *coysis*, des matc-
las, *mataras*. Les armoires n'étant point connues,
il nous apprend que les titres concernant le château de Murol ont été renfermés par lui dans un
coffre ferré, *in cofro ferato*, et que les pièces re-
latives à la seigneurie de Saint-Amant ont été ap-
portées par lui-même de Clermont *in duobus co-
fris feratis et bene operatis*, allusion évidente à la
sculpture sur bois, si communément et si artistement pratiquée en Auvergne.

Sur une des feuilles qui servent d'enveloppe
au testament, nous trouvons encore, par un heureux hasard, de précieuses indications sur la décoration intérieure des appartements. Les deux
chambres d'honneur, destinées aux hommes,
étaient tendues de serge rouge ; dans la première
on avait brodé des cygnes ; dans la seconde, des
perroquets, *papagayo*. La chambre du cardinal
de Murol, mentionnée à part, était tendue de
blanc avec des médaillons en broderie, représentant un mouton au milieu d'un pré.

Les chambres des jeunes filles, *dameysel*,
étaient tapissées de *fustain blanc* et d'*estamina
blancha* ; on y avait brodé des chouettes en forme
de bordure, sans doute par un souvenir païen de

la sage Minerve ; aux coins on avait représenté les
armoiries de Guillaume, à savoir *des Redortes*,
avec sa devise : *Sans rompre les Redortes.*

X

Je me reprocherais de quitter ce curieux testament sans faire aussi connaître un peu l'âme et
le cœur de Guillaume de Murol ; le bon seigneur
me paraît au moins aussi intéressant à étudier que
son mobilier ou son château.

« Vous aimerez, dit-il à ses fils, les gens de
« vos terres comme je les ai moi-même aimés ;
« et, à dater du jour de ma mort, vous les dispen-
« serez, pendant trois ans, de toutes redevances
« et de tous tributs. Vous aurez pour eux, et à
« toujours, les plus grands ménagements... Pour
« racheter mes péchés, ajoute-t-il, et ceux de
« mon père et de ma mère, je veux et ordonne
« que mon successeur marie sept filles de la cha-
« tellenie de Murol. Pour cela, je lègue à cha-
« cune d'elles, et une fois pour toutes, une dot
« de trois francs. »

Heureux temps que celui où, avec une dot
de trois francs, soit quarante-cinq francs de notre

monnaie, on pouvait marier quelqu'un et assurer ainsi son avenir !

Guillaume avait d'autant plus de mérite à pourvoir ainsi à l'établissement des jeunes garçons et des jeunes filles de ses domaines, que lui-même était loin d'avoir été heureux dans son ménage. Sa seconde femme, Guiote de Tournon, mit plus d'une fois sa patience à de rudes épreuves. Un jour, entre autres, elle lui brisa, dans un accès de colère, six tasses magnifiques dont son oncle le cardinal lui avait fait présent. Le pauvre homme n'a pas eu le courage de lui pardonner tout à fait, et il n'a pas pu se tenir de s'en plaindre dans son testament. « Vous devez « savoir, dit-il, et c'est de notoriété publique, que « j'ai eu beaucoup à souffrir de la part de ma « femme, parce qu'elle a été fort étrange et qu'elle « n'a montré que de l'aversion pour moi, pour « mes parents et pour mes amis. » Il ne laisse pas, après ces lamentations, de lui léguer le château de Saint-Amant et un hôtel complétement meublé.

Je regarde aussi comme un trait de caractère le détail particulier avec lequel le bon chevalier a pris soin de régler ses funérailles. Il a fait, sur ses économies, l'acquisition d'un quintal de cire pour ce jour solennel ; ce quintal est en réserve

au fond de la tour, et dans un coffre fermé. « On
« en fera, dit-il, cinquante torches, deux cents
« cierges et quatre cents chandelles. On couvrira,
« ajoute-t-il, l'ouverture de mon caveau au moyen
« d'une grande pierre de *Voubico*, sur laquelle
« sera gravée ou sculptée en relief une figure de
« chevalier. On y inscrira l'année et le jour de
« ma mort, avec mon emblème et ma devise. Je
« choisis, dit-il encore, ma sépulture dans l'é-
« glise de Murol. » (Jusqu'alors les seigneurs de
Murol avaient eu leur tombeau dans l'église des
Cordeliers de Clermont.) « S'il m'arrive de mou-
« rir loin d'ici, je veux et ordonne que mon
« corps soit transporté dans cette enceinte par
« huit ou douze hommes de ma terre, revêtus de
« tuniques blanches, dont mon héritier fera les
« frais. Le drap qui recouvrira ma bière sera
« blanc et de laine, on mettra par-dessus une
« croix de couleur perse, large de deux doigts et
« bien faite, en bouqueran pers. »

Je ne citerai plus qu'un trait de mœurs, et ce
n'est pas le moins naïf ni le moins touchant :
« Je veux, recommande-t-il expressément, qu'une
« fois par an et à perpétuité, le jour de ma mort,
« on fasse faire, après l'office, aux serviteurs des
« églises de Murol, de Saint-Victor et du Cham-
« bon, en mémoire de moi et de mes parents, un

« bon dîner, suffisant et honnête : *bonum pran-*
« *dium suficientem et honestum.* » Il lègue en
outre aux religieux de Clermont, pour les dé-
dommager sans doute de n'avoir point eu l'honneur de l'ensevelir, trois pots de vin à prendre
à perpétuité sur sa vigne de Cournon, le jour des
vendanges ; plus cinq sous pour du pain et cinq
sous pour de la viande fricassée.

XI

Le lendemain de ma visite au château de
Murol, c'est-à-dire trois jours après mon arrivée
au Mont-Dore, des circonstances particulières
m'obligent à regagner mon logis. Je partirai donc
sans avoir vu, cette année, la plus grande partie
des curiosités du Mont-Dore. Je ne le regrette point
trop. J'aime, quelque part que j'aille, à ne point
pousser à bout ma curiosité, à laisser quelque
chose d'inachevé dans mes excursions et dans
mes visites. Lorsqu'on a tout vu dans un pays, il
semble qu'on le quitte à tout jamais et sans esprit de retour. Ne vaut-il pas mieux se sentir
attiré encore, et comme rappelé par les contrées
que l'on a parcourues ? Je prends les pays comme

les hommes, craignant que les uns et les autres n'aient pas toujours tout à gagner lorsqu'on entreprend de les connaître à fond.

J'ai résolu, d'ailleurs, de m'accorder à moi-même en revenant, un dédommagement auquel je tiens beaucoup. Je me propose de visiter, sur la route du Mont-Dore à Clermont-Ferrand, un des plus beaux cratères de l'Auvergne, le Puy-de-Pariou.

Je n'ai jamais pu m'expliquer certaines traditions bizarres qui se transmettent soigneusement parmi les voyageurs. Il est de règle, pour peu qu'on s'approche du centre de la France, de monter sur le Puy-de-Dôme. On se représente volontiers Pascal gravissant cette montagne, son baromètre à la main, pour y faire, sur la pesanteur de l'air, la fameuse expérience que chacun sait. La vérité est que cette expérience fut faite par Pascal à Paris, du pied de la tour Saint-Jacques à son sommet, et qu'elle fut seulement répétée sur le Puy-de-Dôme, à la prière de Pascal, par M. Périer son beau-frère.

Quoi qu'il en soit, et en laissant de côté ce souvenir historique, je dois dire que l'ascension au Puy-de-Dôme ressemble un peu, pour ne pas dire beaucoup, à toutes les autres ascensions. J'ai gravi bien des sommets dans ma vie, et je dois reconnaître qu'au haut du Puy-de-Dôme, je n'ai rien éprouvé de très-particulier.

Il n'en est point ainsi du Pariou.

XII

Qu'on se figure une montagne presque aussi haute que le Puy-de-Dôme lui-même, et entièrement recouverte de gazon et de fleurs. Le sommet de cette montagne, vu d'en bas et de profil, présente tout à fait l'aspect d'une aiguière antique, dont les bords s'abaissent vers le milieu et se relèvent aux deux extrémités. La montagne, en effet, n'est tout entière qu'une coupe immense de près de cent mètres de profondeur.

Lorsque vous avez gravi péniblement les longues pentes aux bruyères roses et aux gênets dorés, arrivé au sommet, vous avez sous les yeux un des spectacles les plus étranges et les plus inattendus que l'on puisse contempler.

Vous êtes sur les bords d'un cratère immense, dont les flancs intérieurs s'arrondissent et s'enfuient sous vos yeux jusqu'à une profondeur de cent mètres. Aucune aspérité n'arrête l'œil et ne

retient le regard sur ces pentes verdoyantes, qu'on
dirait construites par la main des hommes. On
distingue parfaitement l'échancrure à travers laquelle les laves ont débordé jadis de ce réservoir
gigantesque, et se sont précipitées en longues
coulées dans les plaines inférieures. On demeure
confondu en songeant à la force qui a soulevé
toute cette matière, et qui en a vidé le volcan de
façon à creuser la montagne jusqu'en ses derniers
fondements.

Le long de ces pentes qui s'abaissent sans se
rompre et s'inclinent sans se précipiter, demeurent suspendus de grands troupeaux de bêtes à
cornes. Cette multitude de bœufs et de vaches, ta-
chetés de noir et de roux, égayent le paysage ; les
endroits les moins accessibles sont occupés par
des moutons, dont chacun porte au cou une petite
sonnette. Les bruits de ces sonnettes se mêlent et
se confondent, renvoyés, répercutés, dénaturés
le long des flancs creux et profonds du cratère. Il
en résulte une harmonie étrange, et vous-même,
ému de ces sensations inaccoutumées, vous n'en-
tendez point sans un secret effroi la terre qui ré-
sonne et qui retentit sous vos pas ; vous êtes ainsi
averti qu'une mince enveloppe de terrain est
le seul soutien qui vous suspende au-dessus de
l'abîme.

Nous dédaignons, pour descendre au fond de l'entonnoir, le mince sentier qui se déroule en spirale ; je me laisse aller à la pente du mont, comme une pierre qu'on abandonnerait à l'impulsion de son propre poids.

Arrivés tout au fond, nous levons les yeux au-dessus de nos têtes ; les inégalités du rebord supérieur ont complétement disparu ; l'orifice tout entier de la montagne ressemble au couronnement d'un immense télescope, dont ses flancs lisses et sombres formeraient les énormes parois. Les paysans m'avaient prévenu que je distinguerais, comme il arrive dans certaines conditions au fond d'un puits, les étoiles en plein jour. Il ne nous est point donné de constater ce phénomène; mais il est certain qu'en plongeant à ces profondeurs, la clarté du soleil diminue et s'assombrit ; le ciel, quoique illuminé par les rayons les plus vifs du soleil de l'automne, a pris une teinte sévère et sombre. On vient d'emmener les troupeaux pour les faire boire au bas de la montagne ; le silence des premiers temps de la création nous enveloppe de toutes parts. Je songe, malgré moi, à l'époque géologique où, à travers la France alors ensevelie sous les eaux, l'Océan et la Méditerranée venaient battre, à droite et à gauche, les flancs enflammés du Puy-de-Dôme et du Pariou.

En descendant, on retrouve sa voiture qui vous attend sur la grande route de Pontgibaud, et il ne faut pas beaucoup plus d'une heure et demie pour regagner Clermont-Ferrand, où se termine mon voyage puisque je rentre dans les pays civilisés.

PÈLERINAGE

A NOTRE-DAME D'ORCIVAL

I

Il y a près de Clermont-Ferrand, en Auvergne, un pèlerinage célèbre : c'est celui de Notre-Dame d'Orcival. Cette fête se célèbre le jour de l'Ascension.

Je reviens de Notre-Dame d'Orcival, et je veux raconter mon voyage.

Nous cherchons souvent bien loin et dans bien des livres l'intelligence du moyen âge. Notre érudition s'efforce de reconstruire une société évanouie, et nous nous imaginons avoir beaucoup fait lorsque notre intelligence est parvenue à l'entrevoir à travers les ténèbres du passé. Ce n'est point la différence des temps qui sépare le moyen âge des temps modernes, c'est la différence des idées et celle des mœurs. Le moyen âge est plus près de nous que nous ne le pensons ; il vit, il respire, il habite les hautes montagnes ; c'est la même foi passionnée, ce sont les mêmes élans de cœur, c'est le même concours des populations.

Pour se rendre à Notre-Dame d'Orcival, il faut, en quittant Clermont, s'élever tout droit dans la direction du Puy-de-Dôme. Cette fière montagne se détache vigoureusement d'une série de sommets moins élevés ; elle domine de toute sa hauteur un amphithéâtre de cimes qui va mourir à droite et à gauche dans les plaines de la Limagne, en décrivant une circonférence de plusieurs lieues. Rien ne ressemble moins au Puy-de-Dôme que l'aspect de nos principales chaînes de montagnes : les Pyrénées, les Alpes, les chaînes du Jura ou des Vosges. Nulle part vous n'apercevez le roc ou la pierre décharnés. Le Puy-de-Dôme est ce qu'on appelle un cratère de soulèvement. A un moment donné, la puissance du feu intérieur a élevé la plaine du plus profond de la vallée ; elle l'a élevée telle qu'elle était, avec son gazon, sa verdure, ses fleurs. Aussi haut que l'œil peut suivre ces longues pentes, il retrouve partout cette herbe vigoureuse et fraîche que d'immenses troupeaux de moutons vont poursuivre jusque sur le dernier sommet.

Arrivée au pied même du Puy-de-Dôme, la grande route le contourne par la gauche. Je me retourne et je jette un dernier regard sur l'horizon qui va se fermer derrière moi. Mes yeux embrassent une dernière fois ces fertiles plaines de la Limagne, qui, semblables à la vallée du Nil ou aux terres vierges du nouveau monde, ne se lassent jamais de multiplier leur récolte entre les mains du laboureur. L'éloignement étend sur les collines qui bordent la plaine un inflexible niveau. C'est ainsi que je me représente l'humilité des grandeurs humaines anéanties devant la majesté de Dieu. Encore un pas, et tout ce monde que j'apercevais de ce côté-ci de la montagne va disparaître à mon regard; j'entre dans un horizon que je ne connais plus; j'éprouve ce charme et cet attrait de l'inconnu qui rendent une excursion dans les montagnes si imprévue et si féconde en émotions nouvelles.

Bien que nous soyons au milieu de mai, il a neigé trois jours auparavant; le chemin est bordé de grandes plaques blanches sur lesquelles brillent et se réfléchissent les rayons ardents d'un véritable soleil d'été. La neige s'obstine à ne point vouloir fondre; elle s'est réfugiée dans le creux des fossés, dans le pli des sillons, sur la mousse abritée d'une roche, partout où l'a conduite le tourbillon qui l'emportait, partout où elle a trouvé un obstacle pour la retenir et pour l'accumuler ; là, elle se tasse sur elle-même, elle se durcit en une masse compacte qui tient bon contre les feux du soleil et qui les renvoie en éclats comme pourrait le faire un diamant. La blancheur de la neige ressort d'une façon étrange sur ce lit verdoyant de l'herbe nouvelle.

Nous sommes encore bien loin d'Orcival, et voici que nous rencontrons déjà les premiers groupes qui se dirigent vers le sanctuaire vénéré. Ceux-là, ce sont les riches, ceux qui ont pu prendre une journée pour ne point marcher la nuit et arriver au lieu de leur destination la veille même de la fête. Les autres partiront ce soir, longtemps après le soleil couché ; ils marcheront toute la nuit à travers les sentiers obscurs des montagnes, et n'atteindront Orcival qu'aux premières lueurs de l'aurore. Chacun des groupes que je rencontre se présente dans le même ordre : d'abord les jeunes filles, rangées les unes à côté des autres ou se donnant la main comme dans les bas-reliefs des Panathénées ; au second rang, les pères et les mères qui portent d'un bras robuste les provisions du soir et du lendemain ; enfin les aïeux, qui s'avancent par derrière d'un pas grave et tardif. Tous tiennent dans leur main un chapelet qu'ils récitent ensemble en poursuivant la route, et quand le chapelet est fini, les jeunes filles chantent des cantiques avant de le recommencer.

La route incline un peu à droite; elle traverse une petite tranchée, et, sur la gauche, j'aperçois une suite de longs poteaux en sapin blanc qui font un coude en gravissant la berge du chemin. Ces poteaux sont raffermis contre l'ouragan des montagnes par de grosses pierres qu'on a accumulées à leurs pieds. La tranchée que nous traversons est pendant l'hiver un défilé terrible; la neige y arrive par toutes les vallées dont elle est le point de réunion; il suffit de quelques heures pour en accumuler des masses énormes. Voyez cette croix : c'est là qu'est enseveli le corps de celui qui a péri le dernier; et ces quatre pierres plus modestes que vous apercevez un peu plus loin, c'est la tombe de son domestique qui marchait à la tête des chevaux. Cette neige éclatante que je foulais tout à l'heure d'un pas si joyeux m'apparaît maintenant sous un aspect lugubre et perfide. Je me demande si ce manteau blanc qui recouvre à l'horizon les hautes cimes du Mont-Dore, ne dérobe point dans ses plis quelques victimes.

Après le village du Pont-des-Eaux, notre voiture se met au pas pour gravir la dernière mon-

tagne qui nous sépare encore d'Orcival. Les
groupes deviennent plus fréquents. De toutes les
routes, de tous les sentiers vous voyez déboucher
sur le grand chemin des familles entières ; d'autres se sont établies à l'ombre d'un buisson pour
y prendre leur repas du soir et se reposer quelque temps avant de franchir la dernière étape.
De notre voiture, qui est découverte, nous pouvons
échanger un regard, un sourire, une bonne parole avec ces braves gens qui paraissent si fatigués.
Je me sens tout honteux d'être en voiture, lorsque
je les vois ainsi à pied. *Voulez-vous nous laisser
monter?* me dit avec un sourire un peu triste
une charmante jeune fille qui donnait le bras à
sa grand-mère. Elles venaient de bien loin toutes
les deux ; le fer, qui, en Auvergne, garnit les
sabots de voyage, était poli et luisant comme de
l'acier ; elles portaient l'une et l'autre cette coiffure étrange des Allemandes de la Frise : un cercle
de fer qui parcourt le front d'une tempe à l'autre,
et sur lequel viennent se rattacher les dentelles
et les rubans. Je fais arrêter les chevaux, je con-
tinuerai ma route à pied.

Orcival est situé au plus profond d'une vallée ;
on y tombe tout d'un coup sans s'être douté de son
approche. On le voit comme un nid qu'on aper-
cevrait tout d'un coup dans le creux d'un buisson

après en avoir écarté les branches. Ici apparaît la croix qui surmonte le clocher ; une croix pareille a été fixée dans un tertre de gazon sur le bord du chemin. Là s'arrêtent les pèlerins. Ils quittent tous ensemble leurs larges chapeaux, qu'ils déposent sur la bordure de pierre ; les hommes s'inclinent sur leurs bâtons, les femmes s'agenouillent sur l'herbe, et tous ensemble récitent un *Pater* et un *Ave* en l'honneur de Notre-Dame d'Orcival.

II

J'avais souvent entendu parler des fêtes de Pâques telles qu'elles se célèbrent à Jérusalem ; de ces innombrables pèlerins de toutes les nations, qui, groupés chacun autour des autels de leur rit, passent dans l'église la nuit qui précède les fêtes pascales. Les récits des voyageurs m'avaient laissé je ne sais quelle défiance sourde, et je ne pouvais me figurer le saint lieu servant tour à tour au sommeil et aux repas, ainsi qu'au recueillement et à la prière. C'est pourtant là ce qui se passe chaque année à la fête de Notre-Dame d'Orcival.

J'arrive : il est sept heures du soir ; je me trouve en présence d'une église magnifique du plus pur style roman. Elle a sur les autres églises de la même époque qui se rencontrent en Auvergne, l'immense avantage de n'avoir été ni achevée, c'est-à-dire détournée de son style primitif, ni restaurée, c'est-à-dire, comme il arrive trop souvent, complétement perdue. Par une disposition étrange, le monument est orienté de telle sorte que l'ouverture principale, celle qui devrait faire face au maître-autel, n'existe pas en effet. De ce côté, l'église se termine par un mur énorme qui vient s'appuyer contre le flanc de la montagne dont l'édifice forme en quelque sorte le prolongement. Le chevet, avec ses rotondes superposées et ses colonnettes à demi engagées dans des ogives naissantes, arrive jusqu'au bord d'un ruisseau qui s'enfuit sur de grandes pierres noires et anime le premier plan du paysage.

L'église d'Orcival, comme toutes les églises romanes de la même époque, se compose en quelque sorte de deux édifices superposés. La chapelle basse, que les gens du pays appellent par abréviation LA SOUTERRAINE, est à peu de chose près la reproduction de la nef principale. Deux escaliers y conduisent de la droite et de la gauche du chœur. La lave fournit aux constructions,

dans ces contrées, des matériaux sombres et sévères, admirablement en harmonie avec les
teintes obscures des montagnes et l'éclat un peu
pâle du ciel. Je doute que les marbres blancs du
Pentélique, employés aux assises du Parthénon,
fussent mieux en rapport avec le ciel bleu de l'At-
tique et les lignes éclatantes de l'horizon grec.

Une légende touchante se rattache à la construction de Notre-Dame d'Orcival. Cette légende
explique à sa manière pourquoi le monument a
été élevé contrairement aux usages traditionnels,
précisément sur le point le plus bas de la vallée.
On avait essayé d'abord, raconte-t-elle, de bâtir
sur une petite colline qui sert maintenant de but
à la procession. Pendant huit jours entiers, le
maçon, qui, suivant les traditions du moyen âge,
était en même temps l'architecte, frappa de son
marteau la roche où devaient être creusées les
premières fondations; pendant huit jours la
pierre résista à la persistance de ses efforts; il
avait beau frapper, il n'avait pas pu parvenir à
en détacher un éclat. Enfin le neuvième jour,
qui était celui de la fête de l'Ascension, emporté
par la fièvre du travail, oubliant dans son désespoir la solennité qui lui défendait de reprendre
son outil, il gravit une dernière fois la colline; il
se courbe de nouveau sur le roc, et d'un bras

16

puissant il recommence encore une fois sa besogne inutile. Seulement, à mesure qu'il frappe la
pierre, il en jaillit des torrents d'étincelles qui
le forcent à s'arrêter et à reculer. Epouvanté, il se
retourne, et, renonçant à son projet, il lance d'un
bras vigoureux son marteau dans la vallée. O
prodige ! Ce marteau, comme emporté par une
force invisible ou soulevé par un souffle puissant,
s'enfuit bien au delà des limites qu'aurait pu
atteindre un bras humain : il s'en va tomber à l'endroit même où se trouve aujourd'hui Notre-Dame
d'Orcival ; il frappe la terre d'un coup terrible, et,
sous ce choc surhumain, le sol s'entr'ouvre et se
creuse, offrant de lui-même à l'artiste confondu
le dessin des premières fondations.

On entre dans l'église par le côté gauche seulement ; la première des deux portes, la plus rap-
prochée du grand autel, est au niveau du chœur ;
elle est surmontée d'un porche ; on y parvient par
une rampe de sept marches. Au-dessus de cette
porte et à la naissance des voûtes vous voyez,
suspendues à d'énormes crochets, de longues
chaînes de fer. Les anciens du pays vous racontent, sur le témoignage authentique de leurs
aïeux, que ces chaînes sont celles de captifs ra-
chetés de l'esclavage par les Pères de la Merci,
qui les consacrèrent à leur retour des pays barba-

resques. A la grande Révolution, lorsque les gens
de Rochefort vinrent apporter le *progrès* à Orcival, ils emmenèrent une charrette à trois chevaux toute pleine de chaînes semblables, souve-
ir touchant et sacré que ne surent ni respecter
ni comprendre ces prétendus amis de la liberté.

J'entre. Je descends tout droit dans LA SOUTER-
RAINE. A peine ai-je dépassé le contour de la première rampe, que, des marches du haut escalier,
j'aperçois, aussi loin que ma vue peut s'étendre,
un spectacle bizarre et inattendu. Sur les dalles
de pierre reposent les flots pressés d'une multitude
immense ; le sol est jonché de corps humains ;
toute cette foule est assise, ou plutôt accroupie,
pied contre pied, coude contre coude. Chacun
sert d'appui à son voisin. On incline sa tête sur
l'épaule la plus proche, tandis qu'une autre tête
vient s'appuyer sur vos genoux ou sur vos pieds.
Toutefois, l'heure du sommeil n'est point encore
arrivée ; il est sept heures du soir ; les derniers
rayons du soleil couchant se glissent à travers les
vitraux de la chapelle et jettent des lueurs fantas-
tiques sur cette foule primitive. C'est l'heure de
la toilette et du repas. Vous voyez les femmes tirer avec sang-froid des énormes paniers sur lesquels elles s'appuient, les provisions dont elles
ont eu soin de se munir. Elles font le signe de la

croix et commencent paisiblement, sur les marches mêmes des autels, un repas naïf qui me fait
penser aux agapes des premiers chrétiens. Tout
le monde a l'air joyeux ; les fiancées boivent au
même verre que leurs promis ; on se sent à l'aise
et le cœur gai en présence de Dieu. On poursuit
à demi voix des conversations rieuses, pendant
que votre voisin ou votre voisine, sans y prendre
garde et sans en éprouver le moindre scandale,
s'agenouille, se recueille pieusement et poursuit
avec un murmure fervent son ardente prière.
Puis le panier se referme jusqu'au déjeuner du
lendemain ; les ombres du soir deviennent plus
marquées ; l'obscurité tombe lentement sur la
multitude immobile ; c'est déjà l'heure du sommeil pour ce peuple des campagnes, habitué à
suivre le lever et le coucher du jour. Les femmes
ôtent de leur tête ce chapeau de paille, ramassé
et retourné sur lui-même, qui les protége à la
fois contre les atteintes du soleil et contre les in-
tempéries des saisons ; d'autres plient avec soin
le large voile carré de couleur noire, dont
elles s'abritent à la façon des Vénitiennes ;
elles retirent de leur corsage le fichu rayé aux
couleurs éclatantes, dont elles font la parure la
plus recherchée ; les plus coquettes passent
leurs mains, humectées d'eau, sur les larges ban-

deaux de cheveux blonds qui franchissent de
chaque côté les dentelles de leur coiffure. Quelques vieillards prévoyants ont apporté de grosses
pierres qui leur serviront de chevet. Chacun, ha-
rassé du chemin qu'il a fait, s'endort calme et
paisible du même sommeil qu'il pourrait goûter
sous son toit et dans son lit.

III

Je remonte dans l'église supérieure ; là je
trouve monsieur le curé, assis près d'une table,
derrière la grille du chœur. Il recevait les offrandes
que chacun lui apportait pour faire dire des
messes ; en même temps, il inscrivait sur un registre particulier les ROIS et les REINES du lendemain. Cette coutume du reinage est une des plus
curieuses et des plus originales de l'Auvergne ;
elle prouve d'une façon singulière le besoin in-
vincible de distinction que, dans toutes les conditions de la vie, porte en dedans de lui le cœur
humain. Le privilége de porter pendant la procession la statue miraculeuse de la Vierge, est
l'objet d'une émulation inconcevable ; il s'agit

pourtant de s'en aller pieds nus, à travers les eaux
du torrent et les cailloux de la montagne, jusqu'au
sommet du rocher voisin, en portant sur ses
épaules la niche dorée qui abrite la sainte image.
Ce privilége est habituellement mis à l'encan, et
celui qui en donne le plus haut prix l'obtient de
préférence à tous les autres enchérisseurs ; chacun
se fait un point d'honneur de ne se laisser en ceci
surpasser par personne. Viennent ensuite les ROIS
et les REINES : pour être ainsi au nombre des SEI-
GNEURS de la procession, un prix modique et
uniforme a été fixé d'avance. Un appel solennel
de tous les dignitaires doit se faire avant la grand-
messe du lendemain, et chacun d'eux, même les
femmes, est admis à entendre l'office dans le
chœur.

Ce tribut volontaire s'ajoute aux revenus de
l'église, et permet de fixer les honoraires habituels
à des prix extrêmement bas.

J'entends monsieur le curé qui demande à une
vieille femme pour qui elle veut faire dire la
messe qu'elle lui apporte : « Dites-la toujours,
monsieur le curé, c'est pour l'intention de la
personne, et le bon Dieu la sait bien. » Le curé
inscrivit la messe sans faire de réflexions. J'ad-
mirais cette foi des temps antiques qui ne cesse pas
de se tenir en communication directe avec Dieu.

En sortant de LA SOUTERRAINE, je me rappelle que je n'ai point de logement. Que devenir dans ce pays où je ne connais personne? Je me présente dans une modeste auberge et je demande si l'on veut bien me coucher; chose bizarre, l'auberge est vide. Personne, en effet, dans toute cette foule, ne paraît songer ni à y prendre un repas ni à y demander un lit. N'ont-ils pas apporté leur nourriture avec eux? L'église ne leur offre-t-elle pas une hospitalité gratuite? J'entends cependant du bruit dans une chambre voisine de la mienne; je m'informe. « Ce n'est rien, monsieur, m'est-il répondu, ce sont deux femmes qui se trouvent mal. » Le mot me paraît un peu dur. Les deux pauvres créatures, la mère et la fille, avaient fait leurs quinze lieues à pied. Je les retrouvai l'une et l'autre à l'office du soir. Les âmes énergiques sont capables de soutenir, et au besoin de ressusciter leurs organes.

Il est complétement nuit; la foule ne cesse d'arriver par tous les chemins; l'église supérieure se remplit à son tour. Tout s'y passe comme dans LA SOUTERRAINE. L'unique lustre qui orne le chœur n'est pas même allumé; la vaste nef ne s'éclaire que des reflets incertains de quelques chandelles fumeuses. Chacune d'elles forme le centre d'un groupe de gens assis ou couchés dans les attitudes les plus diverses. Personne ne s'inquiète de ce qui se passe à côté de lui. Tout d'un coup, lorsque neuf heures sonnent, on entend éclater dans toute l'étendue de la vaste nef des cantiques joyeux; chaque chœur de jeunes filles chante un air différent avec le même élan et le même enthousiasme. Il est certain qu'au point de vue musical, cette association, ou plutôt ce choc des sons les plus imprévus, ressemble beaucoup à une cacophonie; mais les voix sont jeunes, fraîches, joyeuses, pleines de verve et de sentiment. Cette harmonie bizarre, ces paroles diverses qui s'entre-croisent, ces airs, les uns vifs et rapides comme un cri d'allégresse, les autres lents et mélancoliques comme un gémissement, jettent l'âme dans une profonde rêverie.

Debout contre un des piliers, une femme de haute taille, à la figure pâle et sévère, lit d'une voix profonde une instruction sur le sacrement de l'extrême-onction. Un groupe nombreux se presse autour d'elle, et pour savoir jusqu'où va la portée de sa voix, vous n'avez qu'à regarder dans la foule quelle est la dernière des physionomies émues. Dans un autre coin, une petite fille, entourée de vieillards en cheveux blancs, leur lit, d'une voix hésitante, la légende de sainte Zite, patronne des domestiques et des serviteurs. Le petit livre raconte que sainte Zite, chargée par son maître de l'administration de ses biens et de l'aménagement de ses greniers, distribuait chaque jour aux pauvres, en l'absence de son seigneur, les blés dont on lui avait confié la garde. Le maître revient ; il s'informe, il s'irrite au récit que lui fait sa servante en se jetant à ses genoux ; il veut juger par lui-même de sa perte, et tandis qu'il parcourt la vaste étendue de ses greniers déserts, voici que sous ses yeux les larges sacs commencent à se remplir et à s'arrondir de nouveau. Je vois les yeux des paysans briller d'une admiration naïve au récit attrayant de cette récolte miraculeuse. Quand la petite fille est arrivée au bout de son histoire, elle laisse aller sa tête blonde sur les genoux de son vieux grand-père appuyé contre la balustrade d'un autel ; elle pose le livre tout ouvert sur ses yeux, relève un peu ses petits pieds contre un panier d'osier blanc, et s'endort d'un sommeil paisible au milieu des chants et des cantiques.

J'ai compté, tant dans l'église souterraine que dans l'église supérieure, quinze ou vingt confessionnaux. Ils ressemblent à de vastes monuments de sapin. Pendant que deux personnes se confessent tour à tour au prêtre qui, suivant l'usage, en occupe le milieu, les autres qui attendent leur

tour se cramponnent d'une main ferme aux solides barreaux qui les revêtent extérieurement ;
leurs pieds touchent les pieds de la personne qui
est à genoux, et leurs bras passent à travers la
grille derrière laquelle s'abrite le prêtre. Je demande à un ecclésiastique si le mystère de la con-
fession lui paraît suffisamment respecté. Il me
rassure pleinement à cet égard ; le recueillement
profond dans lequel s'enveloppe chacun de ceux
qui les environnent suspend en quelque sorte
l'action de leurs sens. Ces simples paysans ont
dans leur humilité appris la méditation que pratiquait Descartes. Eux aussi, ils savent se recueillir
et se retourner du côté de Dieu ; seulement, au
lieu d'y arriver par les voies arides et orgueilleuses
de l'intelligence, ils suivent ce grand chemin du
cœur et de la foi, si doux et si facile aux âmes
vertueuses et pacifiques.

Je sors de l'église encore une fois ; le temps est
doux, le ciel gris, les étoiles à demi voilées ; le
petit ruisseau fait entendre sur la pierre un murmure dont je ne m'étais pas aperçu pendant le
jour : c'est une espèce de gazouillement qui de
loin ressemble au chant de l'oiseau ou à l'éclat de
rire d'une jeune fille. Le silence a cela de bon,
qu'il laisse ressortir les doux bruits de la création.
Tout parle à voix basse dans ce calme de la nuit,

et je me souviens involontairement de la belle
parole de ce philosophe grec, qui dans le repos
de l'obscurité prêtait l'oreille à l'harmonie lointaine des sphères célestes. Cette *obscure clarté
qui tombe des étoiles,* pour parler comme le
vieux Corneille, jette un reflet bleuâtre et pareil
à la nuance de l'acier poli sur le rideau de neige
qui couvre à l'horizon le sommet des montagnes. Plus près de moi, les longues coulées de
laves noires qui se sont immobilisées en flots de
pierres à mesure qu'elles ruisselaient sur le flanc
abrupt des montagnes, éteignent dans les gorges
profondes ces dernières clartés de la nuit. Je fais
au hasard, à travers les prés et les terres labou-
rées, le tour entier du village et des fermes qui
l'environnent. Un grand nombre de familles, qui
n'ont plus trouvé place dans l'église trop remplie,
dorment ou prient sur la terre nue. Je les vois,
malgré le froid du soir, reposant, la tête appuyée
sur une pierre, et à peine abritées du côté du vent
par le rideau tremblant de quelque buisson, ou
bien accroupies sur l'herbe et faisant glisser
entre leurs doigts les grains bénits de leurs cha-
pelets. Tous ont les yeux fixés sur la croix de
l'église qui se détache à peine sur le fond sombre
de la nuit; personne ne prend garde à moi. Je
m'assieds à mon tour sur une pierre isolée et je

me mets à songer à ceux de mes jours qui ne sont
plus.

IV

La tristesse a ses extases qui vous gagnent. Je
ne sais quelle partie de la nuit j'aurais passée sur
cette pierre, livré à la méditation des douleurs de
la vie, si un bruit joyeux n'était venu réveiller la
vallée et y répandre de nouveau la joie et l'animation. Toutes les cloches s'élançaient à la fois à
pleine volée, jetant aux échos endormis les quatre notes de l'accord parfait, répétées au hasard
dans une sonnerie sans rhythme ni mesure.
Comme le clocher est situé tout au fond de la
vallée, comme le silence est universel jusqu'aux
dernières limites du plus lointain horizon, toute
la nature semble s'émouvoir de ce langage har-
monieux. Les murmures des échos ne m'ont
jamais fait penser aux fables païennes de la nym-
phe antique ; j'aime mieux y voir je ne sais quelle
sympathie de la nature qui, par un merveilleux
accord, nous comprend et nous répond. Je vois
maintenant pourquoi l'Église a donné des noms
aux cloches dont elle se sert pour appeler les

fidèles, pourquoi elle en a fait des personnes vivantes. Malheur à celui qui entend, sans en être attendri, la cloche de l'église où son père l'a porté avant de le mettre dans son berceau, la cloche qui, peut-être, lorsqu'il aura accompli le cercle de ses jours, dira à sa tombe fermée le dernier adieu.

A onze heures du soir, deux sermons doivent être prêchés simultanément, l'un dans l'église supérieure, l'autre dans la SOUTERRAINE. Un digne prêtre de Clermont, auquel j'ai eu l'heureuse fortune de serrer la main en arrivant à Orcival, me précède lui-même au milieu de cette foule impénétrable ; les bonnes femmes se lèvent debout sur son passage, en faisant le signe de la croix ; puis elles se rasseoient et s'accommodent de nouveau sur la pierre. Grâce à mon obligeant conducteur, je parviens à faire encore une fois le tour de l'église tout entière. Je suis vivement frappé du recueillement et de la piété qui éclatent sur toutes les figures. L'heure solennelle approche : la première messe doit se dire à minuit, et il n'y a peut-être pas dans cette foule immense dix personnes qui ne s'approcheront pas de la sainte table. J'arrive enfin à la grille du chœur, qui est demeuré vide ; je m'ensevelis dans l'ombre d'une stalle, et je vois apparaître dans la chaire

le prêtre qui y monte pour faire son discours. Il
lève à la fois ses mains et ses bras ; il les tourne
vers la droite et vers la gauche de l'assemblée, en
criant, par deux fois, d'une voix éclatante :
« Faites silence ! faites silence ! » Tous les murmures demeurent suspendus, tous les corps immobiles : en fermant les yeux vous jureriez que
l'église est vide. En même temps, par un de ces
traits sévères qui trahissent la physionomie des
rudes paysans de l'Auvergne, chacun souffle la
chandelle ou la lampe dont il éclairait sa veillée.
Une obscurité profonde succède tout d'un coup au
demi-jour qui régnait dans la nef. Six chandelles, accrochées d'avance à des plaques de fer-
blanc et préparées par la prévoyance de M. le
curé, prolongent seules, derrière les massifs de
colonnes, une lueur incertaine dans les bas-côtés.
Il ne vient du dehors nul reflet de la nuit ; les baies
des vitraux coloriés ressemblent à des ouvertures
noires qui donneraient dans les plus épaisses ténèbres. De toutes parts, dans le vague de cette
obscurité, l'église s'étend et s'agrandit aux regards qui ne peuvent parvenir à en démêler les limites précises. Le sentiment de l'infini plane sur
toute l'assemblée. C'est au milieu de ces impressions poétiques et presque mystérieuses que l'ora-
teur vient nous parler des justices et des miséri-

cordes de Dieu, des grandeurs et des tendresses
de la Vierge. Quelles paroles ne seraient pas su-
perflues, et n'est-il pas vrai que son éloquence
était déjà tout entière dans nos âmes !

Après le sermon commence la première messe,
celle de minuit. Elle est dite par M. le curé d'Orcival en personne, et les messes doivent se suc-
céder sans interruption, jusqu'à une heure de
l'après-midi du jour de l'Ascension dans lequel
nous entrons en ce moment. Chacune d'elles est
chantée : on ne dit pas de messe basse à la fête
d'Orcival. Des voix fraîches et vigoureuses se succèdent tour à tour au lutrin. Je remarque, à mon
grand étonnement, que les paysans de l'Auvergne
chantent naturellement en partie et varient ainsi
la gravité du plain-chant. Je me souviens des matelots vénitiens que j'ai entendus tant de fois, par
les beaux soirs d'été, livrant leurs doux accords
aux brises de la Méditerranée et répétant dans leurs
airs primitifs les plaintes du Tasse, tandis que les
flots berçaient mollement leurs balancelles en-
dormies. Les voix de l'Auvergne ont quelque
chose de plus mâle et de plus rude : c'est l'hymne
du sacrifice et du travail ; les mélodies italiennes
sont le chant de l'amour et de la volupté.

Ma frêle nature d'homme civilisé ne saurait résister plus longtemps à ces fatigues et à ces veilles

que supportent si vaillamment sous mes yeux des
jeunes filles et de petits enfants. Je suis obligé
d'aller chercher quelque repos jusqu'aux premières lueurs du jour.

V

Sur les quatre heures du matin, je descends
dans la salle commune. Je m'assieds à la première
table venue, et je me trouve côte à côte avec deux
paysans qui devisent ensemble, tout en man-
geant la moitié d'un pain qu'on leur a donné à
l'auberge, et qu'ils ont fait soigneusement mesurer
en leur présence. Une bouteille de vin nouveau
complète ce frugal repas. Ils viennent d'arriver, et
l'un d'eux, le plus âgé, me demande quelle
heure il est, afin de savoir au juste combien de
temps il a mis à faire ses onze lieues ; il paraît
content d'apprendre que quatre heures seulement viennent de sonner. Il se tâte le jarret en
souriant sous ses cheveux gris, et il a l'air de se
dire à lui-même qu'il n'aurait pas mieux fait au
temps de sa plus verte jeunesse.

« *Comment se portent vos blés, Monsieur ?* »
ajoute-t-il en soulevant le bord de son chapeau

pour me faire politesse. Le pauvre homme ! il ne comprend guère d'autre production et d'autre richesse que celle du travail agricole, cette forme primitive du capital. Mes blés, aurais-je pu lui répondre, mes champs, ce sont ces domaines obscurs et inquiets de la pensée intérieure. Le bon Dieu, mon pauvre ami, t'a fait la part la plus belle et la plus douce, malgré les sueurs et les fatigues de ton travail quotidien : le grand soleil marche devant toi ; les rayons du printemps, les feux de l'été, la douceur des automnes achèvent pour toi l'œuvre que tu recommences chaque année. Dans le monde de la science et de la pensée, il n'est rien qui vienne à notre secours. A mesure que notre esprit s'élève, nous sentons avec plus de terreur que toute notre science porte sur le frêle appui de nous-mêmes. Ne me demande pas de nouvelles, ni de mes blés, ni de ma moisson ; hélas ! j'ai beaucoup semé, j'ai peu recueilli.

La grand'messe commence à dix heures et demie. Je suis à genoux, à côté d'un homme jeune encore et dont la figure porte les traces d'une grande douleur. Son chapeau est enveloppé d'un large crêpe de deuil. Qui a-t-il perdu ? sa mère ! sa femme ! son enfant ! — L'homme touche au malheur par des liens si multipliés,

qu'à chercher la cause de ses larmes on n'é-
prouve que l'embarras du choix. Mon voisin prie
à demi-voix, les mains croisées sur sa veste de
bure grise, son bâton noueux reposant avec son
chapeau devant lui ; il prie : et serré moi-même
par la foule, incapable de m'éloigner ni de faire
aucun mouvement, j'entends malgré moi le langage de cette âme qui se répand devant Dieu.
« *Mon Dieu !* disait-il, *donnez-moi la patience et
la force de tous les jours...* » — Mais je ne peux
pas me rappeler ni redire ce que j'ai entendu :
car je sentais malgré moi mon âme qui suivait la
sienne ; je trouvais qu'il exprimait dans un langage plus fort et plus énergique que celui dont
j'aurais pu me servir, ces besoins communs, ces
invocations universelles de la faiblesse humaine
à la miséricorde divine. Il faut de ces spectacles
et de ces enseignements pour rabattre notre superbe et nous rappeler cette égalité des âmes qui,
en dehors des apparences de l'esprit, est la véritable condition de notre nature.

Après la grand'messe sort la procession. Je la
devance sur la colline où elle se dirige ; quelques
pierres ont été préparées d'avance pour recevoir
la statue, et près de ces pierres est debout une
croix de bois qui attend pour être mise en morceaux la venue et les hommages de la foule.

C'est une pieuse tradition parmi les pèlerins d'Orcival de briser en mille morceaux la première assise de pierre sur laquelle s'est reposée la Vierge, et d'emporter au foyer domestique un des morceaux de la croix bénie.

A mi-coteau se trouve une petite grotte, fermée par une porte ; à l'intérieur, une nappe d'eau la traverse et baigne de ses flots limpides les marches d'un petit autel. Les vieilles gens du pays vous racontent dans leur langage naïf que la bonne Vierge avait coutume de venir laver à cette source les langes de l'Enfant Jésus. Ils vous montrent, tout auprès, le petit bois où Marie, après avoir accompli cet humble devoir, conduisait le divin Enfant à la promenade. Un sentier de gazon marque encore la trace de ses pas. Ne leur demandez point comment tous ces événements ont pu s'accomplir parmi eux, tandis que les Évangiles placent si loin de l'Auvergne l'enfance de l'Homme-Dieu. Voyez-y plutôt ce que j'y ai vu moi-même : le sentiment profond de la présence de Dieu sur la terre, le souvenir d'une communication surnaturelle, cette confiance dans la miséricorde d'en haut qui a disparu de tant d'âmes civilisées, réduites aujourd'hui à chercher partout la Providence et désespérant de la retrouver.

Le long de la montagne sont échelonnés les femmes et les enfants. Tout le monde est assis, et sur les traits fatigués de la foule se lisent la langueur et l'abattement d'une nuit passée sans dormir après une longue route à pied. Mais combien cet abattement et cette langueur diffèrent de la pâleur maladive qu'il m'est si souvent arrivé de lire sur la physionomie orageuse des femmes du monde, après une nuit de ces fatigues qu'elles s'obstinent à prendre pour des plaisirs ! Je vois les traits qui se détendent, les paupières qui se ferment, les têtes qui s'inclinent et se reposent contre le tronc d'un arbre ou sur une touffe de mousse. Au moment où le cortége passe, chacun se lève, chacun présente aux prêtres quelque objet qui lui est cher pour le mettre en contact avec la statue, et le conserver à la fois comme un souvenir et comme une protection.

La procession s'arrête au sommet de la montagne ; la voix du prêtre s'élève seule au milieu du silence universel. Alors, aussi loin que la vue peut s'étendre, vous voyez apparaître par tous les sentiers et sur toutes les cimes qui dominent cette immense vallée, toutes les populations des contrées environnantes à qui leurs occupations et leurs travaux ont défendu de prolonger leur pèlerinage jusqu'à l'église d'Orcival. Du haut des rochers qui dominent la scène et jusqu'à une distance de près de deux lieues, vous les voyez de proche en proche qui se signent et s'agenouillent, puis se relèvent pour retourner avec plus de vaillance à leur rude existence de chaque jour.

VI

C'est un mouvement naturel de notre esprit qu'insensiblement les sentiments s'y changent en idées. A mon retour d'Orcival, la nature tout entière disparaissait à mes yeux. Malgré la distraction et les éclats de rire de mes compagnons, je poursuivais intérieurement à travers les légèretés de la conversation une pensée intérieure qui ne cessait d'obséder mon esprit. Aux environs des grandes villes, ces fêtes patriarcales ont disparu. Ce n'est point qu'il n'y ait encore des jours où, sous un prétexte quelconque, toute une population est en même temps invitée au plaisir. Au besoin, on choisit encore le nom d'un saint, plutôt pour ramener une date que dans le dessein d'invoquer un protecteur. Mais les plaisirs que notre civilisation moderne tient en réserve pour ces oc-

casions solennelles, sont bien maigres et bien
pâles ! Que de fois je me suis arrêté devant ces
affiches industrieusement étalées dans la banlieue
ou dans les quartiers populeux de Paris ! que de
fois j'ai voulu me rendre compte par moi-même de
la somme de plaisir que peut goûter dans une fête
pareille une famille d'ouvriers ! Mon intention
n'est point ici de faire de la critique, mais simplement de constater un fait. — Qu'ai-je vu, et
que pouvez-vous voir encore comme moi ? Un assortiment banal de boutiques en plein vent, des
curiosités qu'on a vues cent fois, les cafés débordant dans les rues, les restaurants se répandant
dans les jardins, une provocation universelle à
des excès de dépense, plus de sacrifices pour
moins de résultats ; voilà nos prétendues fêtes
modernes ! Elles ne laissent guère dans le cœur
de l'ouvrier que la fatigue du lendemain et le regret de la veille.

Je ne suis pas de ceux qui proscrivent les plaisirs. Je me souviens que saint Paul, parmi toute
son austérité, recommandait la gaieté aux fidèles
et prescrivait aux chrétiens de son temps de se
maintenir le cœur dans la joie. J'y attache d'autant plus de prix, que, suivant moi, tous les plaisirs permis, toutes les jouissances honnêtes sont
faites pour l'âme : elles doivent traverser le corps

pour pénétrer jusque-là. L'âme emprunte alors une
force, une vigueur nouvelle à ce repos et à ce délassement d'un jour. Qu'arrivera-t-il si ces plaisirs
mal choisis et mal entendus ne sont point arrivés jusqu'au moral et n'ont point pénétré jusqu'au
cœur de l'homme ? Il arrivera que l'âme s'y sera
usée et affaiblie, qu'elle y aura dépensé d'elle-
même, au lieu de s'y renouveler et d'en tirer une
nouvelle inspiration. On peut voir aux approches
de la nuit ces populations d'ouvriers qui, dans les
grandes villes, regagnent leur domicile, mécon-
tentes et inquiètes, pleines de vide et de regrets.
Allez demander dans les ateliers avec quel courage se reprennent les travaux du lendemain ! Je
n'insiste pas. — Le manque de divertissements et
de distractions capables de soutenir en même
temps que d'occuper les âmes, est une des causes
les plus énergiques et les plus persévérantes de
cet état de nos sociétés : les classes riches elles-
mêmes traînent pour la plupart dans l'ennui l'oi-
siveté d'un dimanche que rien ne remplit.

Ai-je besoin de dire qu'il n'en va pas de même
dans ces fêtes des campagnes, qui répondent si
bien aux besoins des imaginations et des cœurs.
Il est bien difficile à l'ouvrier des villes de nourrir
sa pensée, de soulager et de fortifier son âme
en rêvant aux exercices équestres de quelques

cirques forains ou aux entraincments équivoques
de quelques bals publics. Le plaisir qui s'allume
dans son imagination est peut-être déjà un commencement de tentation ou un projet de désordre ;
il demeure en quelque sorte suspendu entre
l'impatience du désir et l'indifférence du dé-
goût.

Comparez à cet état de choses ce qui se passe
dans l'âme religieuse du paysan. Du plus loin
qu'il voit venir le jour solennel, il s'y prépare
d'avance par le recueillement et la prière ; mieux
encore, par une pratique plus étroite, plus sévère,
plus courageuse de ses devoirs quotidiens ; il
prend la vie avec plus de résignation et de calme.
Il cherche dans le sacrifice, non pas comme les
stoïciens de l'antiquité, l'orgueil de vaincre, mais
la force d'accepter la douleur ; tout contribue à
la fois à le fortifier et à le grandir. Ce n'est plus
le délassement des sens qui cherche à se communiquer à l'âme, c'est une sérénité intérieure
qui rayonne du dedans et qui y descend de plus
haut.

J'ai vu, à la procession d'Orcival, marcher devant le dais qui protégeait la statue de la Vierge,
un montagnard de haute taille qui tenait renversé
sur ses bras étendus un petit enfant de six ou sept
ans. La pauvre créature était malade ; on voyait

ses mains pâles retomber le long de son corps, et le père en marchant, au lieu de regarder son enfant, regardait le ciel. J'ai vu bien des tableaux où les plus grands peintres ont cherché à saisir cet idéal chrétien de l'espérance et de la foi ; jamais je n'avais vu encore apparaître ce rayon divin sur une figure vivante. Cet homme ne demandait pas un miracle, il l'attendait ; c'était le regard de la foi qui transporte les montagnes. En effet, il y a quelques années, une petite fille, paralysée depuis trois ans et que ses parents avaient apportée, poussa un grand cri, se leva debout et se mit à suivre d'un pas ferme le retour de la procession. Les témoins de ce fait sont nombreux à Orcival, il n'est personne qui ne puisse se donner la satisfaction de les interroger. Je comprends que des solennités pareilles laissent dans les âmes des traces profondes et durables. Souhaitons que ces fêtes se perpétuent dans leur pieux éclat et dans leur humble grandeur. Jugeons, si elles disparaissaient, de ce qui serait ôté au peuple des campagnes par ce qu'elles leur apportent de véritable bonheur et de solides vertus.

FIN.

TABLE DES MATIÈRES

NOUVELLES.

Un drame dans un omnibus   3
Un ouvrier en bâtiment. 33
Le distributeur de prospectus. 97
La littérature de rencontre. 117
Le serin de mon grand-père 143

VOYAGES.

Voyage d'une semaine en Normandie. 161
Les eaux du Mont-Dore. 221
Pèlerinage à Notre-Dame d'Orcival 269

REVUE
D'ÉCONOMIE CHRÉTIENNE
ANNALES DE LA CHARITÉ
PARAISSANT TOUS LES MOIS
Par livraison de 192 pages

Religion, Philosophie sociale, Économie charitable, Voyages, Littér.
Études biographiques et historiques,
Sciences morales, Bibliographie, Beaux-Arts, etc., etc.

PARIS ET DÉPARTEMENTS :
Un An . . . . . 18 fr. — Six Mois . . . . . 10 fr.
ÉTRANGER . . . . 25 fr.

Les **abonnements** peuvent partir du 1er de chaque mois, mais les volumes
commencent le 1er janvier et le 1er juillet.

ON SOUSCRIT : A Paris, à la librairie ADRIEN LE CLERE et Cie, 29, rue
Cassette ; et chez tous les libraires dans les départements.

NOUVELLE SÉRIE COMMENCÉE LE 1er DÉCEMBRE 1862.

MESSAGER DE LA SEMAINE
ILLUSTRÉ
JOURNAL DE TOUT LE MONDE
DONNANT PAR AN PLUS DE 200 JOLIES GRAVURES SUR BOIS
PARAISSANT TOUS LES SAMEDIS
Par livraison de 16 pages (plus de 1800 colonnes de texte chaque année).

Ce petit journal est le plus varié et le plus intéressant **de ceux du même**
genre ; sa rédaction et ses gravures sont toujours irréprochables.

SOMMAIRE :

TEXTE :

1° Chronique hebdomadaire sur les
événements et les questions du
jour. — 2° Discussion des intérêts religieux et charitables. —
3° Récits historiques. — 4° Nouvelles morales et romans par les
plus célèbres écrivains catho-
liques. — 5° Economie domestique, hygiène.— 6° Revues scien-
tifiques, industrielles et d'agriculture. — 7° Mélanges et Faits
divers.

GRAVURES :

Actualités, Scènes de romans, Por-
traits, Principaux instruments
d'agriculture et machines.

PARIS ET DÉPARTEMENTS : PAR AN, 7 FR.
ÉTRANGER : 10 FR.

Les abonnements partent du 1er de chaque mois.

ON SOUSCRIT : A Paris, 15, rue de Sèvres ; et chez tous les Libraires
dans les Départements.

PARIS. — IMP. ADRIEN LE CLERE, RUE CASSETTE, 29.

www.ingramcontent.com/pod-product-compliance
Lightning Source LLC
Chambersburg PA
CBHW071856020726
47502CB00003B/769